きむ ふな セレクション

一九

韓国文学
ショート
ショート

僕のルーマニア語
の授業

チャン・ウンジン 著

須見春奈 訳

あの年、秋の空は彼女の瞳に似ていた。

いや、彼女の瞳の方が秋に似ていた。秋をそっくりそのまま鏡に映したような、あるいは何一つ残さず飲み込んでしまったかのような、まさにそんな目をしていた。残念なことに、僕は彼女の瞳の四季を知らない。春にはどんな色で咲き誇り、夏にはどんな姿で気だるげにくつろいで、冬に顔をあげて舞い降る雪を見つめるときにはどんなひんやりとした光を放つのだろうか。秋、ただその季節だけしか知らなかった。あんなにも寂しそうな瞳。枝に一枚だけ残された紅葉のような瞳。この世のすべての物寂しさをかき集めて作ったかのような瞳があるなんて。あらゆる感情や心を目だけに内包することができることに驚いたが、当時の僕がそれに気づいたことも驚きだ。十五年が経った今でも、僕は彼女のような瞳を持っている人にこの世界で出会ったことはない。秋の姿しか知らないながらも、春に花が咲こうと、酷暑がすべてを溶かそうと、冬の寒波が湖を凍らそうと、僕の覚えているとおりの彼女であれば秋の瞳のまま

過ごしているような気がした。

今会えるとしたら、答えがわかるだろうか。十二月末、例年よりもずいぶんと寒い日が続いている今であれば、彼女の冬の瞳を確かめられないだろうか。縁が続けば春と夏も。そうやって彼女の四季すべてを。

あの年の秋のようならまだしも、夏の次にやって来るいつもの秋でもなく、寒波注意報が一週間も続いている今この状況で、なぜいきなり彼女のことを思い出したのかわからなかった。彼女のことを忘れたわけではないが、かといって度々思い起こしていたわけでもなかった。日々の生活で精一杯だった一方で途切れなく誰かしらと付き合ってはいたし、季節が変わる度に訪れる別れには毎回気持ちが乱れて、彼女のことを考える時間はなかった。

さっきの子猫のせいだろうか。家を出て駐車場の前を通り過ぎたとき、自動車の下から猫が鳴く声がかすかに聞こえてきた。出勤する途中だったこともあり、助けようにも今すぐ何かできることもないのだし聞かなかったことにしよう、知らんぷりしようと思ってA棟の方にそのまま歩いていった。ところが、今にも消えそうなロウソクの火を彷彿とさせる鳴き声に後ろ髪を引かれて、ついにはごった返す道を引き返し

〇〇四

た。冷え切った地面に這いつくばって自動車の下を覗き込んだ。フロントタイヤの辺りに牛みたいな白黒のまだら模様をした子猫がうずくまって鳴いていた。お腹が空いて鳴いているのか、寒くて鳴いているのか。ガリガリに痩せている様子からしばらくエサにはありつけていないなさそうで、ぶるぶる震えているのを見るにかなり寒そうだった。次の瞬間、猫と目が合ったのだが、輝く瞳があらゆる感情と心情でできた結晶に見えた。小さくか弱いけれど、そこには僕の理解が及ばない、まだ経験したことのない気持ちが詰まっているのだろうと思った。もしかすると、この子猫は凍りついたアスファルトの上で、僕が一生知ることのできない何かとひとり闘っているのかもしれないと。あの年の、彼女のように。

「それでエサをやってて遅刻したってわけですか？」

寸前のところで信号に引っかかった後輩が、横断歩道の直前で急ブレーキを踏んで言った。僕らの乗った車は停止線をだいぶ過ぎたところでやっと止まった。緊張した様子の後輩の眉間にかすかにしわが寄っていた。

「ごめん。だって可哀想だろ、まだ小さいやつがこんな寒い日にさ」

進行方向につんのめった僕は手すりを掴んで言った。

〇〇五

僕は大急ぎで家に戻った後、温めた牛乳を浅めの紙パックに注いだ。そして昨日の晩ケランチムを作ろうと取っていた出汁から煮干しだけ取り出して洗った後、小さく割いてビニール袋に入れた。牛乳と煮干しを車の下に置いてから後輩の住むA棟の方に向かって走りながら、彼女が後輩と同期だったことに僕は今さらながら気づいたのだった。だから、彼女のことを思い出したのは真冬に出会った子猫と後輩のおかげに違いない。

「先輩は変わんないですね」

遅刻の言い訳を聞き終わった後輩が、ため息まじりの声で言った。落ち着かない様子の後輩は、人差し指でハンドルを叩きながら信号が変わるのを待っていた。彼も前からせっかちで堪え性がない性格だったので、変わっていないのはお互い様だった。

でも、僕はそれを声には出さなかった。

同じ学科の三年下の後輩にあたるヒョンスに再会したのは三日前だった。両手にゴミ袋を持って共用玄関を出たところで外車から降りてくるヒョンスと鉢合わせたのだ。帽子を深々と被っていたので、最初はヒョンスだと気づかなかった。たった十五坪のワンルームマンションの駐車場に輸入車が停まっていることに違和感を覚えながらも、

*1

ゴミ集積所に向かった。山が崩れないように袋を置いて振り返ったところで、「先輩ですよね？」とヒョンスが僕の顔を確かめようとしたのか首を傾けながら近づいてきた。僕の目の前で立ち止まったヒョンスが帽子のつばをくいっと上げた。卒業して以来見ていなかった顔についさっきゴミを捨てるのを見ていたし、僕もヒョンスが一瞬戸惑ったのを感じ取ったからだ。ヒョンスは寒いからと脇に手を挟んだが、なんだか握手をさせまいとそうしているように僕は感じた。どうしてここにいるのかという話から卒業後のことや近況報告をしばらくやりとりした後、遠い親戚が住んでいるこのワンルームに二ヶ月ほど会社の都合で滞在することになったとヒョンスは明かした。ヒョンスの勤め先は僕の勤めている会社とほど近く、通勤する時間帯もほぼ同じだった。僕が車を持っていないことを知ったヒョンスは、ふと相乗りを提案した。僕は何度か遠慮すると言ったが、最後にはいかにも仕方ないなという感じで「そうしようか」と答えた。ヒョンスの肩越しに光っているドイツ製のセダンのせいではなく、毎朝恐ろ

＊1【ケランチム】卵の蒸し料理。主に卵と水で作られるが、出汁を使うこともある。

〇〇七

しい地獄を見る地下鉄のことを思い浮かべると二ヶ月だけでも楽をしたかったのだ。

信号が変わると、ヒョンスはアクセルをぐっと踏み込んで速度を上げた。しかし、月曜朝の通勤ラッシュで道路はところどころ渋滞していて、ヒョンスはそれに若干の苛立ちを見せながら退屈そうにしていた。走っては止まるを繰り返しながら、左折信号で曲がるために左のウィンカーを出して車線変更を待っていたヒョンスが言った。

「さっきの猫の話なんですけど」

僕はサイドミラーをじっと見ているヒョンスの方に顔を向けた。

「人間が怖くて震えてたんですよ。寒いからじゃなくて」

「なんでわかるんだ?」

「どっかで聞いたんですけど、毛皮のある動物にとってはマイナス十五度もなんだかひんやりするなあ程度らしいですよ」

「へえ、ならよかった。食べ物はあげられたし」

僕は不思議と安心した。そして、また彼女のことを思い出した。あの年の秋、彼女はさっきの猫みたいにか細く震える声で、よく「寒い」とか「お腹空いた」と呟いていた。誰にも聞こえないくらいの小さな声だったので、誰も彼女に服を貸したりご飯を

奢ってあげたりしなかった。でも、皆聞こうとしなかっただけで、聞こえなかったわけではなかった。ぼそぼそ呟かれる彼女の言葉を聞き取って、僕が何度か服を貸しただけではなかった。毛皮があったら、彼女は「寒い」の代わりに「ひんやりする」と言っただろうか。あの秋は寒いというほどの気温ではなかった。ただ、どことなく肌寒くて寂しくなる温度だった。でも、僕が覚えている限りそうだったというだけで、彼女にとっては寒かったのかもしれない。彼女が「寒い」と言ってたのだから、彼女にはあの秋は寒かったはずだ。そうだとしたら、あの年僕が貸した服は暖かっただろうか。「ひんやりする」という言葉は、人をどれほど安心させてくれるのだろうか。

「そういえば、ウンギョンの近況知らないか?」

無事に左折するのを待ってから僕は聞いた。

「誰のことです?」

「キム・ウンギョン。お前の同期の」

「キム・ウンギョン?」

ヒョンスが眉をひそめて首を傾げた。

「同期にそんな名前の人いたかなぁ」

「同期の名前も覚えてないのかよ？　いくら卒業してしばらく経ってるって言っても

さ」

「先輩の記憶違いじゃないんですか？」

「合ってるよ。二〇〇六年入学のキム・ウンギョン」

「よくある感じの平凡な名前ですね」

ヒョンスは名前がありきたりだから記憶に残っていないんだという口ぶりで、無意識に浮かべた表情もそう言いたげだった。変わった名前を持った人が周りとは違う人生を歩んで、周囲の人にとって特別な記憶として残ることもあるだろう。それでも、ひとりの人生について覚えているのが名前だけというのはあり得ないのではないか。それが全部なんてことは。同期のヒョンスでも彼女のことを思い出せないのだから、彼女はひょっとすると本当は存在しない人間だったのではないかという考えが浮かんでぞっとした。あの秋の彼女は僕が作り出した幻か、僕の目にしか見えない存在だったのではないか、と。

たとえ名前が平凡でありきたりだろうと、彼女は決して平凡でもありきたりでも

〇一〇

なかった。少なくとも僕にとっては特別だった。秋の訪れがいつもよりもかなり早かったあの年、兵役を終えて学科の先輩後輩たちの顔を見ようと赴いたキャンパスは、曇っていて少し肌寒く、木々が紅く色づき始めていた。久しぶりにキャンパスを闊歩する足取りは軽やかで、辺りは全体的に青春の熱気と活気よりもクールで落ち着いた雰囲気が感じられた。軍隊に行ってきた間に僕の気の持ちようが変わったのか、大学と社会が時代の変化についていこうと努力した結果なのかもしれない。一方でただ単に季節のせいのような気もした。大学という場所も、秋にはちょっとセンチメンタルになるんだと。単純に僕が時の流れがもたらす微妙な差を見分けられる目をついに培ったからかもしれないと。軍隊で鋭く磨き上げられた感覚。カレンダーを見ずとも、草木の葉が芽吹き枯れていく変化だけで残りの兵役期間をぴたりと当てていた、超能力に近い力のことだ。

考えに整理がつかなかったり、不安な気持ちになったりしたときにこっそり訪れていたお気に入りのスポットをいくつかゆっくり回った後、学科の事務室に寄って助手をしている先輩に兵役から戻ったと挨拶をした。その後、学生会館に向かった。そこではひとりの同期があまり上手とはいえない手つきでギターを鳴らしていた。腰のへ

〇一一

ルニアで兵役を免除されていたそいつとイマイチ噛み合わない軍隊の話を少しした後、そいつに連れられて授業を聞くことになった。除隊祝いに酒を飲む約束をした時間まで特にやることもなく、会話に出てきた「新入生」という単語に惹かれて、彼について行くことにしたのだ。向かった先は一年生向け「初級ルーマニア語翻訳演習」の二学期のクラスで、同期は必修科目であるその授業の再履修中だった。

同期と僕は一年生の後輩たちとは少し離れた席に座り、三々五々集まっておしゃべりをしている彼らの顔を眺めた。まだ就職や未来についての不安があまりない時期だからか、皆明るく朗らかに見えた。晴れやかな笑顔と曇りのない表情、そして仲間に入れて欲しくなるほど羨ましいけれど、一ミリも入り込む隙間のない彼らだけの固い親密さ。教室をぐるりと見渡していたら、彼らとはかなり離れた隅の方にひとりで座っている彼女を見つけることになった。

同じ教室の中なのに、彼女だけは全く異なった空気に包まれていた。彼女の何かが感染らないように彼らが距離を置いているのか、それとも彼女自らが距離を取っているのかはわからなかった。群れる人々と、何らかの理由で輪に加われずにあぶれた者。ともかく彼らと彼女との距離は地球のこっちと裏側とくらい離れているように見えた。

でも僕は、いかにもお決まりといった感じのありきたりなあっちの青春と若さよりも、異なる天気、異なる若さ、異なる人生の中に置かれたかのような彼女の方に視線を奪われた。僕は顔を向けて露骨に彼女の方を見つめた。肩につく長さの髪がおでこと頬を隠していたので、顔をよく見ることはできなかった。僕のじっと見つめる視線を感じたのか、彼女が顔を少し回してちらりと僕を見た。その刹那、僕が軍隊で得たあの感覚は、教室の外の秋がそっくりそのまま溶け込んだような彼女の目を捉えて、とても驚いた。それは、まるでどこかの惑星にひとり取り残された寂しさが積もり積もって瞳を溶かしてしまったかのようだった。彼女も僕同様に驚いた様子だったが、まるでこっちがロトの妻 [*2] のように塩柱に変えられないかと心配するような表情に変わり、僕と目が合った瞬間すぐに目線を落とした。あの子はなんでひとりで座ってるの？という僕の質問に、同期は教科書をめくりながらさほど気に留めていない様子で答えた。

名前は何ていうの？　名前？　キム、何だっけ……忘れたよ。

最初っからあんな感じ。

＊2【ロトの妻】旧約聖書の登場人物。滅びる街から脱出する際に振り返るなと神に言われたが、それに背いたため塩柱にされた。

授業が始まっても彼女は顔を上げなかった。そこの君、三十六ページの最初の段落を読んで説明してみなさいと授業終盤に教授が声を掛けた。その瞬間、教室には静寂が訪れ、学生たちの視線が一斉に隅の方へと向けられた。しかし、彼女に与えられた時間は困惑と沈黙の中で過ぎていった。初級にもかかわらず、彼女は説明はおろか文章一つすらろくに読み上げることができなかった。彼女の顔はより深く沈み、沈黙したまま授業は終わってしまった。

ヒョンスはこの普通ではない話を聞いても、会社に着くまでの間に彼女のことを思い出すことができなかった。ヒョンスにとっては気を引くエピソードではなかった様子だ。それでも僕には理解ができなかった。ひとり離れたところにいる人のことは、なんだか変に思ったりして記憶に残るのではないか。そう言うと、むしろ離れたところにいるからすりガラス越しに見るようにぼんやりとしか記憶に残らず、そのわずかな記憶すらも時間と共に闇に消えていくのだとヒョンスは無関心な様子で答えた。そう言うヒョンスにとって彼女はすりガラス越しの残像としても残っていなかったようだったが、僕はそれを口には出さずに車から降りた。

寒波がピークに達すると元日まで続いた大雪で世界は白くなり、麻痺した。降りこめられた都市のせいで恋人たちの約束は延期かキャンセルになり、僕のように少し前に恋人と別れた人も心が凍り付いて除夜の鐘と初日の出の意味にすら懐疑的な気持ちを抱いてしまうような、そんな日々が続いた。恋人のいない友人からすら誘いの電話が何回か掛かってきたが、大雪は「出かけるのが面倒」という本音を「出かけるのが難しい」という建前にすり替えるにはちょうどいい天気だった。

暖かい部屋にこもった僕は、ホットコーヒーの入ったカップを持って窓の外を見下ろした。全てを孤立させてしまおうといわんばかりの雪が白い壁のように降っていた。人も車もその壁に閉じ込められて身動きできない中で、雪の中をあちこちへと転がる黒い点のようなものが見えた。僕は吐息で白く曇るほど窓に顔を近づけて外を見てみた。まだ子供だからなのか、やつは一面の雪の中を忙しなく駆け回っていた。ひとりで遊んでいる様子で、人間の近くを避けて歩き回る術を一生懸命身につけようと練習しているようにも見えた。あの日以来何も食べていないとしたらお腹が空いているだろうな、とふと思った。僕は急いでコーヒーを飲み

何日か前、通勤の途中で足止めをくらったあの猫だった。ヒョンスの言うとおりこの寒波もひんやり涼しい程度なのか、やつは一面の雪の中を

〇一五

干した後、ジャンパーを着て家を出た。

コンビニでドライフードと猫缶を買っていった。やつは人馴れしていないらしく、僕が近づくと近づいた分だけすばやく距離を取った。決まった時間、決まった場所にエサを置き、それを見つけて食べてくれることを祈るしかなかった。僕は花壇に積もった雪をどかしたところに缶を置いた後、柱の陰でそろりと近づいた。自動車の下に隠れていたそいつが、小さな瞳で周囲を見回しながらエサの前にそろりと近づいた。尻尾が短くて、先っぽが少し曲がっていた。そして不思議なことに、背骨のあたりのまだら模様がハート型になっていた。やつは捕まえて家で育てることができそうなタイプには見えず、ずっとああやって何かを警戒したり避けたりしながら生きていかなければいけない運命を背負っているように思えた。そんな一生を過ごす心臓は、くたくたになりながら不安そうに動き続けるのだろう。ああ、と僕は幽霊のような白い息を吐きながら曇り空を見上げた。今、僕はこの冷たい雪をどんな目で見つめているのだろうか。雪のかけらが顔に触れて溶けて、涙のような跡ができた。

彼女は常に涙が必要な人のように見えたが、実際には一度も涙を流さなかった。今にも泣きそうに見えても決して泣かず、涙を堪えているような声をしていたが、声を

〇一六

上げて泣くことは絶対になかった。あの日、沈黙が続いたまま授業が終わりを迎えた後、僕は彼女を探してキャンパスを歩き回った。彼女が授業中に抱いただろう恥ずかしさがずっと気にかかって、じっとしていることができなかった。驚いたことに彼女を見つけた場所は、僕が考えの整理がつかなかったり不安になったりしたときにこっそり訪れていた場所の一つだった。小さな池の前に置かれた古びたベンチ。陽が入らずジメジメしてひんやりしていることに加えて、三年前に溺死事故があったせいで人気がない場所だったが、秋の瞳を持った彼女ならば行きそうだと思った。

彼女は俯いて座っていて、膝の上に開いた初級ルーマニア語の教科書を眺めていた。彼女に屈辱をもたらした三十六ページだった。泣いているのかな、と思ったがそうではなかった。でも、彼女の心臓がくたくたになりながら不安そうに動いている音が聞こえてきた。僕が彼女の横に座ると鼓動がより大きく聞こえた。もしかすると、それは僕の心臓から聞こえていた音だったのだろうか。そのとき、彼女が顔を上げて僕をじっと見た後、びっくりした表情をしてまた俯いた。顔に傷でもあるのかと思ったが、顔はなんともなかった。真横で向き合った彼女の瞳は秋の色が一層深まっていた。池の方から吹いてきた風が僕の体を掠めたとき、紙やすりでこすったかのように心臓が

〇一七

ヒリヒリした。

「初めて勉強する言葉は難しいのが当たり前だよ」

手入れがされていない池に点々と浮かぶ緑色の浮草を見つめながら僕が言った。

「だから気を落とすことはないよ」

「読め……ます」

少し間を置いてから彼女が小さな声で言った。あまりにか細くて、風が強く吹きでもしたら聞こえないくらいだった。

「読解も？」

「少し」

彼女はこくっと頷いてかろうじて言葉を発した。

「でも授業のときはどうして……」

彼女が言葉で答えずにまた首だけ振ったのを見て僕は聞いた。

「うちの学科に入ろうと思ったのはどうして？」

「全く知らない……勉強したことのない言語だから」

自信なさげで用心深そうな挙動とは違い、実は彼女は冒険心と好奇心旺盛なタイプ

〇一八

なのかもしれないと思った。彼女は三十六ページの角を三角に折ったり開いたりを繰り返していた。そうやっているとそのうち紙が切れそうだなと思っていたら、彼女が涙を堪えるような震える声でやっと聞いた。

「先輩は？」

「小学校の二年生に上がる頃にルーマニアに引っ越したんだ。父親の仕事の都合で。五年くらい住んでたよ」

「きっと……上手なんですよね」

とても羨ましそうな声だった。

「使う機会がないから、よく忘れるんだけどね。だからちゃんとやろうと思って入学したんだ」

「ルーマニアは……どんなところですか？」

「知りたい？」

ページを折ったり開いたりしていた手を止めて、彼女がかすかに頷いた。

「そしたら、明後日のランチの時間にまたここで会おうよ」

これがあの年の秋、僕の特別な恋の始まりだった。

〇一九

空から舞い落ちる雪のかけらが僕の涙になる間に、やつは猫缶を食べ終えてどこかへ行ってしまった。やつが残したエサが雪で白く覆われていた。それでも、僕を安心させるのは雪はいずれ溶けることと、やつにとって雪はひんやりする程度のものなのだという事実だった。

寒波の勢いが弱まり、すねくらいまで積もっていた雪もすべて溶けて道路はカラッと乾いていた。ヒョンスはこの数日間凍った道をノロノロと運転するのに嫌気が差している様子だったのが一転し、今日はそれから解放されて機嫌が良さそうに見えた。車に乗せてもらう立場からしても気まずさが和らいだ。比較的渋滞がマシな木曜朝の運転でヒョンスは余裕があり、余裕は会話に繋がった。

「背中にハートがあるっていうその特別な猫に今もずっとエサあげてるんですか?」

「うん」

「いつか一回見てみたいですね、そのハート」

「猫じゃなくて?」

「猫も一緒に」

「近所にいるから、会おうと思ったらすぐお目にかかれるよ。猫もハートも」

ヒョンスがグローブボックスからキシリトールガムを取り出して手渡した。

「俺、先輩だけは大学に残ると思ってました」

「自分でもそう思ってた」

僕はガムを受け取って口に入れながら、車窓を流れていく街路樹に視線を向けた。

僕の夢はルーマニア文学を専攻して教授になることだった。それが難しければルーマニア文学を地道に広める人にでもなりたかった。僕の夢が理想論だと気づいたのは、父が亡くなった後だった。どこにでも転がっていそうな話だが、父が残した借金とノイローゼになった母、そしてまだ幼い弟二人。文学は常に人生を賛美するが、人生は文学で営めるものではなかった。そうこうしているうちに、文学こそ人生について何も知らない世間知らずなのだと思うようになった。それに気づいた自分自身に腹が立ち、その事実を僕に思い知らせた世の中に対しての憤怒が湧きあがった。だからといって世界は何一つ変わらなかった。僕自身が変えなければならないことが山のように残っただけだった。僕はルーマニア詩集と辞書を閉じて、公共機関への就職準備を始めた。準備を始めてからたった半年で採用試験に合格し、周りの人から心からの祝

福を受けた。そうやって僕は何かに急き立てられるかのようにルーマニア文学と訣別した。その結果残されたのが、今の十五坪のワンルーム暮らしだ。

「お前は今の会社が最初だっけ？」

「はい」

ヒョンスが勤めているのは大企業のグループ会社だ。

「いいところに入ったな」

「大学の頃どんな感じだったかは先輩もよく知ってるじゃないですか。授業はほとんど聞いてなかったし、成績もひどかった」

ヒョンスは音を出さずにガムをもぐもぐ噛みながら続けた。

「父親の後ろ盾のおかげですよ」

ヒョンスの父親が有数の大企業で役員をやっていることは知っていた。ヒョンスはティッシュを一枚取って味のなくなったガムを吐き出しながら、打ち明けるように言った。

「父親が一年間だけ勤めてみろって半強制的に入れたんです。遅刻せずに問題も起こさなければ……」

ヒョンスは語尾を濁したが、僕は聞かなくとも続きがわかった。ヒョンスはあと二ヶ月経ったら本社に異動するのだ。元々二ヶ月前にすでに人事異動が予定されていたところ、手違いで先送りになった。せっかちな性格のせいで既に引っ越しを済ませてしまったので、やむなく遠い親戚の家で世話になることにしたのだろう。だから、ヒョンスは二ヶ月の間きちんと出勤さえすれば、問題なく本社への異動の辞令を受けることになる。

僕は後ろへと流れていく窓の外の街路樹をまた見つめた。

「あ、先輩。この前言ってた名前ってキム・ウンギョンでしたよね？」

暑くなったのかヒーターの温度を少し下げながらヒョンスが聞いた。

「同期の何人かに聞いてみたんですけど、みんな知らなかったですよ」

「お前と仲の良かった奴らだよな？」

「ええ、まあ」

「だから知らなかったんだろうよ」

「もう一回ちゃんと確認しましょうよ、先輩」

僕は窓の外に向けていた視線をヒョンスの方に移した。

「たぶん名前か学年が間違ってるんですよ」

そして、続けてこう言った。

「うちの大学とか学科の学生じゃなかったのかもしれないですよ。大学生のフリして授業に忍び込んでたのかもしれないし。そしたら、みんな知らないのも納得がいきます」

名前も学年も間違っていなかった。もちろん忍び込んでいたわけでもなかった。彼女はいつも鞄の中にルーマニア語の辞書を持ち歩いていた。誰かに持っていかれないようにと辞書の小口や天地にマジックでデカデカと入学年度と名前が書いてあった。

池の前のベンチに座って「明後日会おう」と言えたのは、彼女のトートバッグからちらっと覗いていたルーマニア語辞書のおかげだった。辞書というものは、いろいろな意味で決してやさしい本ではない。重さと厚み、たくさんのページを埋め尽くすこまごまとした単語たち、何よりもその知識を身に付けなければならないという事実。辞書を持ち歩くということは簡単にはできないと、僕は誰よりもわかっていた。分厚い辞書を見て、僕はなぜ彼女を探してキャンパスを歩き回ったのかを理解した。授業中の彼女の姿が他人には思えなかったのだ。ルーマニア語を一言も話すことができな

〇二四

かった過去の自分。読み書きが全くできず、ろくに口もきけずにオロオロするばかりだったあの頃。だから俯いてみんなと離れて過ごすしかなかった数え切れない日々。

幼いながらに持ち運ばなければならなかった辞書は、どんなに重く、恐ろしかったか。

あのときの僕の目も、彼女の瞳のようだったのではないだろうか。

僕がベンチに座ると彼女は俯いたまま挨拶をした。

「ここ、怖くないの？ 人が溺れて死んじゃった場所だし」

よどんだ池の水からすっぱい匂いが漂ってきた。彼女が顔を少しだけ上げて池の方に目をやった。そのとき池を見る彼女の瞳には、よどんだ池ではなく秋の風が映るのを感じた。目には見えるはずのない風が。

「人間はみんないつか死ぬんです。どんな場所でも」

彼女がそう言った。溺死したのはうちの大学の学生だが、酔っ払って夜のキャンパスをさまよっていたところ足を踏み外して池に落ちたのだ。

「きっと寂しいですよね、その人」

彼女がいくら寂しさをよくわかっている目をしていようと、水に落ちてもがきながらひとり息を引き取った人間の心はわからないだろうと思った。彼女は静かに辞書を

閉じてトートバッグの中に入れた。その後、ぼくはリュックからプリントした紙束を取り出して彼女に渡した。彼女が小声でこれは何かと聞いた。

「短編小説。夜更かししながら三日で僕が翻訳した」

彼女がぐっと顔を上げて僕を見つめた。目が合って、心臓がガサガサの紙やすりでこすられた。あの秋、セーターみたいに温かかった僕の心臓は、彼女の瞳のせいで何度もこすられ、摩擦で毛羽立っていた。僕はじっと呼吸を落ち着かせた後、プリントを彼女の膝の上に置いた。紙束は横綴じになっていて、真ん中から左側に原文、右側に訳文を打ち込んだものだった。

「ルーマニアの作家、ドリネル・チェボタールの作品なんだ」

彼女が俯いて最初のページにそっと手を乗せた。体温か心臓の鼓動を感じようとしているみたいだった。

「韓国ではまだ翻訳されていないんだ。ルーマニアでも無名に近い作家でね。誰も発掘しようとしていない作家とも言える。ひょっとすると、ずっとこのまま翻訳されず に誰にも気づかれないまま忘れられてしまうかもしれない」

「寂しい人なんですね」

○二六

そう言うと彼女は短編小説の原題を読み上げた。

「Când vin norii」

初めて耳にする彼女のルーマニア語の発音は、やわらかく正確だった。

「雲が押し寄せたら」

僕は韓国語に翻訳した小説のタイトルを声に出した。注釈もつけておいたから、理解するのはそんなに難しくないと思うよ」

「ルーマニアの文化と歴史がよく表れている作品なんだ。注釈もつけておいたから、

「韓国の中で先輩と私だけが知ってる作品ですね」

「そういうことになるかな?」

二人だけが知っているという言葉の持つ意味が嬉しくて、僕はドリネル・チェボタールの作品が韓国でずっと広まらなければいいのにと思った。このプレゼントは二人だけが知っていてこそ価値があるのだから。作家として彼が受けることになる不遇とそれによって続く孤独については、とても申し訳ないと思ったが。ただ、十五年経った今でも彼の作品は韓国国内で広く紹介されてはいない。

「ありがとうございます、先輩。大切に読みます」

〇二七

彼女は感謝すら怖々、控えめだったが、髪の間から覗いた彼女の瞳に宿った光を今も忘れられない。それは文学とはこういうものなのか、文学にはこんな力があるのか、ということを教えてくれる輝きだった。この日、その光の深みにはまって決心した。ずっと大学に残ってルーマニア文学の研究者になってみせると。

「もう一回ちゃんと確認してみてよ」

僕は窓の外に顔を向けながらヒョンスに言った。

「たぶんお前らの記憶のどこかにはいるはずだから」

ヒョンスが記憶の引き出しを漁ろうと眉間にしわを寄せて車の速度を落とした。僕は味のしなくなったキシリトールガムを吐き出さず、会社に着くまでずっと噛んでいた。

今日の帰り道は車に乗せてもらわずに地下鉄を選んだ。ヒョンスは人事異動に関わる大事な会食が夜にあったので、僕は外回りを終えた後そのまま家に向かう道中だった。一時間早めに仕事を終えたのに、地下鉄はすでに混み合っていて慌ただしく、こめかみがずきずきした。一ヶ月以上ヒョンスの車でゆったりと通勤していた間に、そ

〇二八

ういう生活に体が慣れてしまったのだろうか。僕はイヤホンを耳に入れて、到着した電車にぐいぐいと体を押し込んだ。空気はよどんでいて、周りの人からは変な匂いが漂い、窓の外は真っ暗だった。それに辟易するのもいまさらな気がして目を閉じてから、ストリーミングしている曲の歌詞に集中した。アイドルグループ出身のバラード歌手が今日リリースした新曲だったのだが、なぜか初めて聞いた感じがしなかった。ヒョンスの車に乗っていたら周りを気にせず泣けただろうに。涙なり泣き声なりを誰かに気づかれてしまわないように唇をぐっと噛んでとっさに俯いた。そして、曲の再生を止めてラジオに切り替えた。ニュースでは明日の午後からまた長い寒波が到来するという予報が流れてきた。

そうは言っても、明日からではなく今日から既に寒波は始まっている気がした。地下鉄を降りて家へ向かう間に身体の隅々まで冷え切った。それでも、僕はすぐ自分の部屋には帰らなかった。ハート模様を背負ったあいつが、隠れていた花壇の小さな石の後ろから出てきたところで目が合った。この前の出会いから今日までの間に友達ができたのか、ひとりではなかった。僕に驚いたのか、やつは一緒にいた三毛猫と自動

〇二九

車の下に急いで潜っていった。自分よりも少しガタイのいい三毛猫にやつがついて回っているようだった。彼らはそこが一番安全だと判断したようだ。ひんやり涼しい気温と仲間。安心材料がまた一つ増えた。僕は家からエサを持ってきていつもの場所に置くと立ち去った。

あの年の秋、彼女も友達か仲間ができたと思ってくれていただろうか。僕は彼女に対して先輩以上の感情を抱いていたが、彼女は気づいていただろうか。あの出会い以降、彼女と僕は三日に一度のペースで欠かすことなく池の前のベンチでランチの時間帯に会った。もちろん僕は手ぶらでは行かず、彼女にプレゼントするチェボタールの短編小説を夜通し翻訳して持っていった。僕がリュックからチェボタールの小説を出して手渡すと、彼女は原題を声に出して読み上げた後、前回手渡した小説についての感想をか細い声で風変わりだったが、ほとんどの考えは不思議なくらいに一致した。彼女と僕がチェボタールの小説について交わす話の内容は多様で風変わりだったが、ほとんどの考えは不思議なくらいに一致した。チェボタールの話は徹夜しても話し切れないほどに尽きず、どんなに話しても飽きたりうんざりすることはなかった。

その日、僕が六番目にプレゼントした小説は「向こうの果て」という短編で、都会

に暮らす人間の孤独をよく表している作品だった。彼はそういう文章を書くしかない人だった。ドリネル・チェボタール自身も不安と孤独を抱えた作家で、そういった感情について深く知っているのだ。サーカス団長の父と舞台女優出身の母の間に生まれた彼は、両親に連れられて都市を渡り歩きながら育った。彼の不安と孤独は、彼の育った環境がもたらしたものだ。放浪生活で学校教育を受けられず、友達を作ることもできない境遇の彼にとって、読書と執筆は必然的な行為だった。彼はひとりでいる不安と孤独に打ち勝つため、駆り立てられるように読み、書いた。何かを残し、完成させることを目的にした行為ではなかったので、読んだことはすぐに忘れ、書いたものはすぐに消してその上からまた書いた。かさばる紙が定住地を持たない生活では荷物になったこともまた一因だ。彼の文章には街と宿がよく登場する。渡り歩いた都市と荷解きをした宿。安宿は彼が生まれた場所でもあり、文字を読み、書く場所だった。だからなのか、自分が死ぬ場所もきっと宿だろうと何度か言及したりもしていた。十九歳のときに遭った列車事故以降、彼の不安と孤独は一層ひどくなった。事故によって父も母も失い、ひとりだけ生き残ってしまったというショックが要因だった。彼は罪悪感に苛まれる度に荷物をまとめ、滞在していた街から逃げるように旅立った。事

〇三一

故の後に変わったことがもう一つあるとすれば、彼は書いた文章を消さずに保管するようになった。金がなくなり本を買えなくなったときに自身の作品でも読もうとしたのがきっかけだったが、読んでいるうちに少しずつ自身の作品に整えられていった。アルコール依存症で精神病院に長く入院した時期もあったが、五十代になっても彼は未だ一ヶ所に留まることができないまま不安と孤独を抱えて生きていた。彼の作品は街と愛について語り続けているが、小説家としての彼は読者の愛を受けていなかった。彼はその事実を少しも気にかける様子はなかった。

「Celălalt capăt.」

彼女がもう一度原題を読み上げた。向こうの果て。彼女は少し顔を上げて池の方を見ると、この前プレゼントしたチェボタールの小説のことではなく、自分の話をし始めた。初めて語られる彼女自身の話は、目についてだった。

「目を合わせるのが辛いんです。いつからかは覚えてないんですけど」

彼女はまた俯き、髪がカーテンのように彼女の顔を隠した。

「目が、怖いんです」

○三二

「人の目が怖いの？　それとも自分の目を相手が怖がるのが怖いの？」

「両方です」

彼女が少しためらって答えた。

「目ってナイフみたいなんです。何度も刺される感じがして」

「そんなことないよ」

「え？」

彼女はわずかに目を開いた。

「周りの人の目はナイフみたいかもしれないけど、君の目はそうじゃない」

「そうですか？」

「秋の空みたいだ」

「秋の空……」

「人間の根幹みたいなものっていうのかな。ほかの人と違って特別なように見えるけど、それが人間本来の姿だっていうことにみんな気づかずに、見過ごしてしまっているんだ」

そのとき、池の方から冷たい風が強く吹いた。地面に散らばった落ち葉がカサカサ

〇三三

音を立てながら渦を巻いて、彼女の膝の上に置かれたチェボタールの小説がはためいた。彼女が手のひらで髪を押さえつけながら小さな声で言った。

「寒いです」

そして続けた。

「お腹空きました」

僕は着ていたデニムジャケットを脱いで彼女の肩にかけた。そして僕たちはベンチから立ち上がって学生食堂に向かった。営業終了時間ギリギリだったので食堂の中は人がまばらだった。僕たちはトレイを持って隅の方に行き、向かい合って座り定食を食べた。僕はご飯をスプーンですくう度に彼女の目をじっと見つめた。向かいに座ると、自然と秋の瞳が視界に入り、彼女が「お腹空きました」と言ったのが嬉しくて、彼女の小さな声を聞き逃すまいと頑張った。

あの年、深まっていく秋を一緒に過ごした彼女に思いを馳せた僕は、二階の階段の踊り場で窓を開けて、外の景色を眺めた。窓が開く音に気づいたのか、向かい合ってエサを食べている二匹と目が合った。冬を駆け抜けていく瞳だった。

〇三四

天気予報どおりに史上最強の寒波が街を一週間凍らせた後、猫がいなくなった。幼いあいつには涼しい程度では済まない寒さだったのか、それとも運悪く事故にでも遭ったのか、姿が見えなくなってから五日が過ぎていた。一緒に歩いていた三毛猫の姿もなかった。五日前に置いておいたエサは一粒も減った様子がなく手付かずだった。

過酷な寒さのせいで、体よりも心が先に冷えてしまったのかもしれない。そして、ついには体まで凍ってしまったのかも。なぜ、心を開いてくれた存在は皆、何も告げずに去っていってしまうのだろうか。もう行くよと告げて離れていくならば、それは別れにカウントされないのではと考えたことがある。その一言があれば、心配したり寂しがったりする時間が少しずつ減って、のちに去ってしまったということ自体を思い出すことがなくなるのではないかと。だから言葉もなく去ってしまう存在たちは、相手の心を離れたくなくてわざとそうやって突然行ってしまうのかもしれないと。

「背中にハート模様があるって言ってましたよね？」

運転に集中していたヒョンスが無味乾燥なトーンで質問してきて、僕は「うん」と答えた。

「見たかったんだけどな、そのハート」

ヒョンスにとっては、猫よりもハート模様の方が特別なようだった。

「二匹ともいなくなったなら、もっといい場所に一緒に行ったんじゃないですね?」

ヒョンスは信号が変わる直前の交差点をギリギリ通過するとそう言った。オンラインゲームで接戦に勝った人のように表情が上気していた。歓声を上げたい気持ちをぐっと堪えているように見えた。

「野良猫たちにとって、もっといい場所なんてあるのかな」

僕は曇った冷たい窓ガラスを袖口で拭きながら言った。

「今何て言いました、先輩?」

ヒョンスはやっと我に返ったようだった。

「なんでもない」

「あ、そうだ先輩」

僕は顔をヒョンスの方に向けた。ヒョンスはサイドミラーを覗いて車線変更をしようとしながら言った。

「思い出しましたよ」

〇三六

「何を？」

僕はつっけんどんに聞いた。

「先輩、もう一度ちゃんと確認しろって言ったでしょ。記憶のどこかにいるはずだって」

路肩に車を寄せたヒョンスがウィンカーをつけた。

「名前がキム・ウンギョンだったかは覚えてないけど、そういう雰囲気の子がうちの学科にいたっていうことは思い出したんです」

僕は内心、安堵で胸を撫で下ろした。彼女が存在しない人間ではないということに。あの年の秋、彼女との間にあった出来事が立証されたようで、やっと湧いた実感に。彼女はいつも俯いていて彼女自身の声で話すことができない人だったから、目立たず周りの人の記憶に一かけらも残らなかったが、僕にはこのうえなく特別だった。輪に入らず遠く離れた席にひとりぽつんといることや、孤独な時間をひとりで耐え抜くには勇気のある心が必要で、それは特殊な素質だった。群れたがる人ばかりの中で、輪に加わることを選ばなかったり、入れなかったりして取り残された人を、僕たちはせめて記憶として留めておいてあげな

〇三七

ればいけないのではないか。

「でも、先輩のせいですよ」

「え？」

「大学を辞めた子の話って最初から言ってくれてたらすぐわかったのに」

「辞めても同期は同期だろ」

「三年生とか四年生になって辞めるのと一年生で辞めるのは別でしょう。記憶の残り方って意味でも」

僕は言い返さなかった。

「ちょっと変わった子でしたよね。いつも俯いてて顔をちゃんと見た気がします。話もしたことなかったし。だから顔も声も知らないんです」

僕は腕を組んで前をじっと見た。

「あんまりにも幽霊みたいだったから、ある日突然ああやっていなくなっても、誰も気づかないんですよ」

ヒョンスは、彼女のことを思い出せなかったのは自分のせいではないと言いたいようだった。

〇三八

「それにしても、なんで大学辞めたんでしたっけ？」

　九編目になったチェボタールの短編小説を手に、池の前のベンチで暗くなるまで待ったが、彼女は現れなかった。次の日も。中間テストが翌日に迫っても、彼女は大学に現れなかった。誰も理由はわからず、見かけたという人や理由を気にしている人はいなかった。彼女にとって彼女は初めからいない存在で、消えたわけではなかったのだ。ヒョンスのように、当時の僕も彼女がこっそり授業に忍び込んでいたのかもという線を疑った。正規の学生ではなかったから突然学校を辞めて消えたわけで、辞書に名前と入学年度をデカデカと書いておく必要があったのだと。

　僕は三日目もベンチに座って彼女を待った。池は一層よどんで、木が落とした葉は風でわなわな震えながら乾いていった。たったひとりのために好きな作家の小説を翻訳することが、どんなに楽しかったか。二人だけが知っている作家と小説が存在するということがどれほど秘密めいていたか。眠れなくても疲れを感じることはなく、翻訳する小説が減っていくのが不安で、ルーマニアに住む友人に連絡してチェボタールの小説を送ってくれるように頼みもした。僕は秋の真っ只中で周りを見渡した。まるで彼女の瞳の中にひとり座っているような気分になった。巨大な彼女の瞳が世界をそ

〇三九

の中に取り込み、限りない物寂しさで覆っているようだった。風が通り過ぎると全身が裂かれてヒリヒリした。その痛みが傷口を通り越して体の中の臓器に達するまで、じっと座って彼女が去ってしまった理由について考えた。彼女は自分の世界が終わったと思って去っていったのだろうか。それとも彼女の世界の始まりを確信して去っていったのだろうか。そして今、ヒーターでほどよい温度に暖められて居心地の良いヒョンスのドイツ車の中で、もう一度考えた。あの年、彼女が去らなかったら、僕はたとえ困難であってもルーマニア文学の道を諦めなかっただろうか。今でも翻訳から手を引かずにいただろうか。僕が大学に残らなかったのは父が遺した借金とノイローゼの母、幼い弟二人のせいではなく、彼女のせいだったのではないか。あの年、僕にとって壮大な世界だった彼女が、予告も前触れもなく最後の一枚になった落ち葉のように去っていってしまったから。僕と彼女とチェボタールの小説が一緒に過ごした一ヶ月の恋愛は、そうやって幕を閉じた。

「あんな感じでずっと俯いて、同期と目も合わせずに四年間大学通うのもキツかったと思いますよ」

割り込んでくる車に向かって、ヒョンスがクラクションを神経質に鳴らした。

〇四〇

「性格が大学生活に合ってなかったんでしょうね」

　輪に加われずに取り残された人。恋をしていても秋になると寂しかったのは、秋にだけはそんな彼女と恋をしないといけないと思っていたからだろうか。だから秋はことさら別れが多かったのだろうか。さっき拭いたガラスがまた曇った。拭こうと思ったがそのままにして目を閉じた。ヒョンスが何か言ったが、僕は何の返事もしなかった。ヒョンスが静かな音楽をかけた。

　恐ろしいほどに寒かった二月が過ぎ去り、二十四節気の啓蟄が数日後にせまった今日は、ヒョンスと乗り合わせる最後の日だ。ヒョンスが来週から本社に通うことになったので、僕はここに残って以前と同じように毎日地下鉄で地獄を味わう予定だ。雪が多くて、路面が凍結した日も少なくなかった冬だった。二ヶ月の間世話になったので、感謝の気持ちを込めてガソリン代にでも使ってくれと封筒を差し出したが、ヒョンスは急に改まってランチでも奢ってくれと言った。僕は高級レストランを念頭に置いていたが、ヒョンスが会社の近所のカムジャタン屋[*3]に行こうと言ったので、少しびっくりした。フォークとナイフを使うメニューではなく、手掴みで豚の骨を持ち、

〇四一

肉を剥ぎ、ずるずる音を立てながら食べるカムジャタンだなんて。

「最終日ですけど、僕に対する先入観が少し解けたみたいでよかったです」

「気づいてた？」

「まあ、そう思うのは先輩だけじゃないですよ」

ヒョンスがおしぼりを広げて指を隅々まで拭いた。

「みんな僕のことはそういう目で見ますから」

僕はスプーンを出してヒョンスの前に先に置いた。

「前付き合ってた彼女に、ステーキが好きそうな顔だったから付き合ったのに、毎日スンデとかコプチャンとかテジクッパ*4のお店にしか連れていってくれないから別れようって言われたことがあって」

「それで別れちゃったの？」

「キレイさっぱり」

ランチタイムのカムジャタン屋は会社員たちでごった返していた。地下鉄に乗ったかのように忙しなくてくらくらすると言うと、ヒョンスは乾いた声で時々そういうのが恋しくなると言った。

〇四二

「ぎゅうぎゅうで潰されそうな地下鉄に乗ったことがないから、そう言えるんだよ」

「乗れないんです」

「乗れない？　乗らないんじゃなくて？　何で？」

「パニック障害なんです」

「ああ……」

「恋しいです。そういうの。健康だったら本当になんでもないものが」

ヒョンスも群れに適応できなかったのだろうか。人は誰しも群れの一員になれずに残った傷跡を心の片隅に負って生きているのだろうか。いや、結局僕たちはみんな輪に入れずあぶれた人々でしかないのではないか。群れは虚像なのだろうか。

「原因はわかってるの？」

「プレッシャーです」

＊3【カムジャタン】　骨付きの豚肉とジャガイモを煮込んだ鍋。

＊4【スンデとかコプチャンとかテジクッパ】　スンデは豚の腸詰め。コプチャンは牛の小腸、焼肉や鍋などで食べる。テジクッパは豚肉、豚骨スープ、ご飯を組み合わせた料理。

「何のプレッシャー?」

「父ですよ。二ヶ月の間、睡眠導入剤なしでは一睡もできませんでした。たぶん本社での仕事も長続きはしないと思います。父の顔色を見て、言う通りに動くんですもん。また今回も失敗するのを見れば、父も諦めてくれるでしょう」

「お前のやりたいことは、ほかにあるんだな?」

ヒョンスはこくりと頷いた。僕はそれが何かは聞かず、代わりにおたまで骨付き肉をすくってヒョンスの皿に載せた。もしかすると、その夢に向かってヒョンスはわざと失敗の一途を辿ろうとしているのかもしれないと思った。ヒョンスがワイシャツの袖をまくって、骨付き肉を両手で持ち、ずるずる音を立てながら身を吸って食べた。

「背中にハートがある特別な猫はどうなったんです?」

ヒョンスがおしぼりで口の周りを拭きながら聞いた。

「姿が見えなくなって、もうだいぶ経つ。事故にでも遭ったんだと思う。警備員のおじさんが猫嫌いなんだけど、子猫をモップで叩いて、その後ゴミ箱に捨てたって話をちびっ子たちがしているのをちょっと前に聞いたよ」

ヒョンスが骨付き肉を静かに皿に置いた。

〇四四

仕事を終えた僕は、会社の前でハザードランプをつけて待っているヒョンスの車にささっと乗り込んだ。金曜日なので道も混んでいて、段々と暗くなる街はきらびやかな灯りで満たされていった。一方で言葉のないヒョンスの顔は、灯りの消えた窓のように暗かった。僕は気分が落ち着かないのだろうと察して、誤解も不平も抱かなかった。そのとき、ヒョンスが静かに僕に声を掛けた。

「先輩」

僕は顔を外に向けて明るく光が灯った看板を眺めていた。

「午後遅くに電話が一本かかってきたんです」

「誰から?」

「ウンギョン……」

「ウンギョンから?」

僕は驚いて振り返った。

「そっちのウンギョンじゃなくて……」

ヒョンスの車が横断歩道の前の停止線で止まった。

〇四五

「チャ・ウンギョンです。同期の中にウンギョンが二人いたんです」

「知ってるよ、チャ・ウンギョン。四年間ずっと学科の学生代表やってたよね」

「学生代表だったのと、名前が一緒なのもあってキム・ウンギョンのことを気にかけてたみたいで」

信号が変わったが、車は進まずそのまま止まっていた。百メートル先の交差点まで渋滞していて、そこを通過するには青信号をあと数回見送らなければならなそうだった。苛立った表情のヒョンスが割れた声で言った。

「死んだんですって、キム・ウンギョン」

「⋯⋯」

「一昨年の秋に」

「⋯⋯」

「ルーマニアで」

「⋯⋯」

「ルーマニアで韓国系の人と結婚したそうで」

「⋯⋯」

「あの年、大学辞めてルーマニアに行ったらしくて」

「……」

「先輩、チェボタールって作家知ってます？　ルーマニアにそういう名前の作家います？」

「……」

「……」

「その作家がきっかけでルーマニアに行ったんだって……」

まだ車は少しも前進できずにいた。はっきりと輝いていた窓の外の灯りが雨に濡れたように境目がなくなり、ぼやけていった。そして、ぶよぶよになって雨粒のようにすうっと流れていった。ヒョンスの車だったから、気を許すことができた。

桜が咲くまでの一ヶ月の間、どこに行っても、何を見ても、僕は彼女のことを思い浮かべて過ごした。それが僕にできる哀悼だと思った。一昨年の秋に亡くなったなら、僕は彼女がいない秋を二回過ごしたことになる。この二年、一段と増した寂しさを感じたのはそのせいだったようだ。秋の瞳を持った彼女は、秋の姿だけを見せてくれた。僕が覚えているのはそれだけだったが、十分だと思った。確かなのは、あの年彼女の

〇四七

瞳によって僕は秋の三分の二を思い悩んで過ごし、秋のもたらす物寂しさについて知ったということだった。肌寒くなるということだけ知っていて、寂しさを伴うとは知らなかったことに気づいたのだ。それ以降、僕にとって秋は、誰もが自然と寂しくなり、寂しくならなかったらそのフリでもしないといけない季節になっていた。それこそが秋という季節に応えることなのだと。秋に対する礼儀であり、約束であり、秋が求めていることで、季節が生まれた目的でもあり、意図なのだと。そういう面で彼女は秋が最も信頼できる人なのかもしれない。秋は最も多くの人が自らの命を絶つ時期でもあるから、人を探す季節なのかもしれないと思った。群れになれずあぶれた人々のための季節。秋とした恋、寂しさと分かち合った愛。

僕は彼女ではなく、秋を映した彼女の瞳と恋をしていたようだ。

僕は彼女に渡せなかった九編目の小説を鞄から出した。引き出しの奥深くにしまってあった小説はしわが寄って黄色くなっていて、黒色だった文字はインクが揮発して薄くなり、グレーに変わっていた。「Lumânări şi vise.」彼女は小さくか細い声で、そう発音してくれただろう。そして、僕は横でこう言っただろう。「キャンドルと夢」。チェボタールはアルコール依存症で精神病院に入院している間に、「キャンドルと夢」を

〇四八

執筆した。この短編小説を仕上げるのに彼は二年を費やし、これは病院で完成させた唯一の小説となった。この作品は孤独と苦痛が綴られていた。彼は文章を一文字ずつ刻むように、毎日紙に少しずつ書いていった。彼は病院で小説を書いたのではなく、孤独と苦痛を刻み、磨いたのだと僕は思う。もしかすると、彼女は遠い異国でこの小説を読んだのかもしれない。そして、そこでは群れに加わって過ごしたかもしれない。

僕はライターを取り出して、未だ彼女と僕しか知らない作家・チェボタールの小説に火をつけた。何枚もの紙が端の方から丸まりながら燃えていった。炎が青白いルーマニア語をゆっくりと消していった。春なのに、あの年吹いていた秋の風が僕の背中をひんやりと撫でた。風が煙と灰になった「キャンドルと夢」を空高く吹き飛ばした。

こうして、僕のルーマニア語の授業は終わった。僕はそれが一つ残らず虚空に黒い点となって散っていくのを見守ってから、家路についた。

駐車場の車の陰からまだら模様の何かが飛び出して、反対側に止められた車の下に入っていく姿が見えて足を止めた。それがそこから出てくる様子がないのを見て、僕は何歩か後ずさりして物陰に隠れた。そいつは警戒するようにタイヤの後ろでしばらくキョロキョロとした後、横の車へと移動した。短い尻尾の先が少し曲がっていて、

背中には特徴的なハート模様が浮かんでいたが、その黒い模様は少し大きくなっていて、はっきりしていた。生きていたんだ。生まれたときから群れの一員になれず取り残されていたやつが、自動車の下で僕の方を見つめていた。春の瞳だった。

訳者解説

本作は月刊誌『現代文学』二〇二〇年六月号に掲載され、翌年の李箱文学賞で優秀賞を受賞したチャン・ウンジンの短編小説だ。

チャン・ウンジンの作品は、孤立、疎外、放浪といったテーマを扱ったものが多く、本作も例外ではない。この「僕のルーマニア語の授業」は、大学卒業後公共機関に勤める語り手の「僕」が、大学の後輩であるヒョンスと再会し、たまたま野良猫と出会ったのをきっかけに、かつて恋をした孤独な女性・ウンギョンについて回想する物語だ。彼女がキャンパスで同級生たちの輪には加わらず一人で過ごしていたことや、寂しい「秋の瞳」を持った女性であることが作中で繰り返し語られる。「僕」がウンギョンと心を通わせるきっかけとなるルーマニアの作家・チェボタールも、孤独と放浪生活を題材にした小説を書いているという設定だ。本作のほかチャンの作品には、十年もの間家の外に出たことがない引きこも

〇五一

りの女性が向かいの部屋に引っ越してきた住人と少しずつ関係を築いていくストーリーや、災害に見舞われて誰もいなくなった街に残ったカップルを描いた恋愛小説、モーテルを転々としながら犬を連れて一人旅を続ける男の物語などがある。

一九七六年生まれのチャン・ウンジンは、読書好きな母を持ち、家の本棚には小説がぎっしりと並んでいたという。どうやったらこんなにたくさんの文章を書きあげるのか、「私みたいな人は死んでも小説家にはなれないだろう」と思っていたそうだ。地元・光州（クァンジュ）の全南大学（チョンナム）で地理学を学んでいた彼女が執筆活動を始めたのは、国文学を専攻していた双子の妹、キム・ヒジンの影響だった。キム・ヒジンが授業の課題で小説を書いていると、自分を横で見ている姉の視線が気になり、一緒に小説の執筆に挑戦してみるようにすすめたのだ。その日から書き始めたチャンの初めての作品を妹が大学の教授に読んでもらったところ小説家として見込みがあると言われ、それを聞いたチャンは小説を書き続けるようになった。

○五二

その後、チャンは二〇〇四年に「キッチン実験室」で中央日報新人文学賞を受賞して作家としてのキャリアをスタートした。のちに妹も作家として活動することを見越して、混同されないようにペンネームは本名のキムではなく、チャン（章）の姓を名乗ることに決めた。文章の「章」でもあり、長編の「長」も同じくチャンと発音することから、チャンという姓には作家として末永く活動できるようにとの思いを込めたという。チャン・ウンジンは二〇〇九年に「誰も手紙を書かない」で文学トンネ作家賞、二〇一九年に「人里離れたところ」で李孝石文（イ・ヒョソク）学賞を受賞するなど活躍を続けていて、これまでに長編小説と短編集を複数出版している。キム・ヒジンも姉に続き、二〇〇七年に世界日報新春文芸応募を機にデビューし、現在は姉妹そろって文学界で活躍している。一卵性の双子で性格や好みもよく似ているという二人は、初期の作品においては扱うテーマや作品の雰囲気も似ていたが徐々にそれぞれの道を歩み始めたと、二〇一一年に姉妹が各々の長編小説を出版した際に妹と一緒に応じたインタビューでチャンは答えている。

李孝石文学賞受賞作品集に収録された対談で、なぜ集団とは離れたところにい

る人々について書くのかを聞かれたチャンは、疎外された人々について語るのは小説家しかいないからだと答えた。自分が書かなければ、ほかの誰も彼らを取りあげないかもしれないという思いから、自然と焦点が当たったのだという。集団から孤立した存在に対して世の中がいかに無関心なのかは「僕のルーマニア語の授業」でも描かれている。ある日突然いなくなってしまったウンギョンのことを同級生のヒョンスはなかなか思い出せない。ヒョンス以外の同級生も、教室で離れたところにぽつんと座る彼女には目もくれず、皆が聞こうとしなかったウンギョンの小さな声に気づいたのは「僕」だけだった。周りから見過ごされ、忘れられてしまうウンギョンのような存在を作品で取りあげるのは、チャン・ウンジョンの小説家としての使命感の表れだ。

　チャンは疎外や孤立の中にある人を描くことについて、二〇〇九年の京郷<ruby>新<rt>キョンヒャン</rt></ruby>聞のインタビューでも次のように述べている。

　「生き方が傍から見て真っ当ではないから、普通ではないからといって、それが間違っているわけではないことを伝えたかったのです。誰かのことを理解し、自分のことも理解してもらうのが、生きていくために必要な力なのではないでしょ

うか」

本作でも、同級生の輪に加わらないウンギョンのような生き方や、とても恵まれているように見える環境の中で父親からのプレッシャーに一人苦しむヒョンスの孤独が描かれている。その一方で、本来の姿をねじ曲げて群れに迎合することを強いたり彼らの孤独を哀れんだりしていないところに、そういった世間一般の考える「普通」から外れた人々に対するチャンの姿勢が表れている。

二〇二〇年、短編集刊行の際に新聞社・イーデイリーの取材を受けたチャンは、人生で経験するさまざまな苦しみを小説で表現したいとも語っていて、苦痛を表現する能力が作家にとって非常に重要だとしている。一見、忘れられない恋の追憶を描きロマンチックに見えるかもしれない本作も、人は皆「群れの一員になれずに心に残った傷跡を心の片隅に負って生きている」のではないかと問いかけ、誰もが人知れず苦しみを抱えているかもしれないことを示唆している。

人間は潜在的な偏見に基づいた直感的な思考をしてしまうといわれているが、無意識下の偏見が物事の多面的な理解を阻むことも本作には描かれている。たとえば、ヒョンスは子猫の存在そのものではなく特徴ある背中のハート模様にしか

注目しておらず、寒い冬を一人ぼっちで過ごしていることにはさほど心配するそぶりを見せない。「僕」も、群れの中心にいると思っていたヒョンスの車に乗り合わせる最後の日まで、彼が抱えていた苦悩に気がつかない。どちらも悪意から来るものではないが、無意識のうちにある特定の側面だけでしか相手を見ていないのだ。断片的な理解、思い込み、そして無関心さが群れの虚像を生み、それが疎外と孤立を招いた結果、傷跡を心の片隅に負って生きている人が増えていく。

自らが持っている思い込みと偏見に気づくことができれば、ヒョンスに対して抱いていたステレオタイプが間違っていたことを悟った「僕」が寒さの厳しい冬を生き延びた子猫の「春の瞳」にも気づくことができたように、断片的だった他者への理解を徐々に立体的にできるようになるのだろうと思う。

チャンが考える「誰かのことを理解し、自分のことも理解してもらう」という人生の中のやり取りにおいて、人は自分のことを受け入れてもらいたいという願望の方が強く、相手に対する多面的理解は意識的に行っていないことが多いのではないだろうか。孤立と疎外の中でも強く生きていく人もいれば、苦しみを乗り越えるために他者の助けを必要とする人もいるだろう。ウンギョンが「僕」と出

会い、チェボタールの作品を知ったことでルーマニアに旅立つ決断をしたのなら、交流と相互理解が群れからあぶれた存在の人生に新しい道を提示するかもしれない。チャン・ウンジンの作品を手に取ったことをきっかけに、疎外されている存在に関心を寄せる人が一人でも増えることを願っている。

著者

チャン・ウンジン（章恩珍）

1976年光州生まれ。2002年に『全南日報』新春文芸、
2004年に『中央日報』新人文学賞を受賞しデビューした。
小説集『キッチン実験室』、『空き家をノックする』、
『あなたの人里離れたところ』、
長編『アリスのライフスタイル』、『誰も手紙を書かない』、
『彼女の家はどこなのか』、『日付なし』、
『天気と愛』などの作品がある。文学トンネ作家賞（2009年）、
李孝石文学賞（2019年）などを受賞した。

訳者

須見春奈（すみ　はるな）

1993年愛知県生まれ。早稲田大学政治経済学部卒業。
東アジアの文化に関心を持ちロンドン大学東洋アフリカ研究学院、
延世大学に留学。
日系メーカーに就職後韓国支社での駐在を経て、
現在米系IT企業に勤める。
2019年より翻訳の学習を始め、
第6回「日本語で読みたい韓国の本　翻訳コンクール」にて
「僕のルーマニア語の授業」で最優秀賞を受賞。

나의 루마니아어 수업

장은진

그해, 가을 날씨는 그녀의 눈동자를 닮아 있었다.

아니, 그녀의 눈동자가 가을을 닮아 있었다. 분명, 가을을 거울처럼 그대로 비추거나 모조리 빨아들인 듯한 눈이었다. 아쉽게도 나는 그녀 눈의 사계를 알지 못한다. 봄에는 무슨 빛깔로 피어나고, 여름이 되면 얼마큼 나른하게 풀어지고, 고개 들어 흩날리는 겨울 눈송이를 바라볼 때는 어떠한 깊이로 시리게 빛나는지. 가을, 오로지 그 한 계절만 알 뿐이었다. 그토록 쓸쓸하고 외로운 눈동자라니. 나뭇가지에 마지막으로 남은 단풍잎 같은 눈이라니. 세상의 모든 스산함을 긁어모아 빚은 듯한 눈빛이라니. 눈빛 하나에 그런 감정과 마음이 담길 수 있다는 게 놀라웠고, 당시 그걸 내가 알아봤다는 사실은 더 놀라웠다. 세상 어디서도, 그리고 15년이 지난 지금까지도 나는 그녀와 비슷한 눈동자를 가진 사람을 보지 못했다. 비록 그녀의 가을만 알지만 내가 기억하는 그녀라면 봄에 꽃이 피어도, 폭염으로 여름이 녹아내려도, 겨울 한파가 호수를 얼려도 가을의 눈동자로만 살고 있을 것 같았다.

이제라도 만나면 알 수 있을까. 지금은 12월 말이고, 어느 해보다 추운 날들이 이어지고 있으니 만난다면 적어도 그녀의 겨울 눈동자를 볼 수 있지 않을까. 인연이 계속된다면 봄과 여름도. 그렇게 그녀의 사계를.

그해 가을 날씨 같다면 모를까, 꼭 그해가 아닌 여름 다음에 오는 단순한 가을이라도 모를까, 일주일째 한파주의보가 내려진 상황에 왜 갑자기 그녀를 떠올리게 됐는지 알 수 없었다. 그녀를 잊은 건 아니지만 그렇다고 자주 생각하며 지내온 것도 아니었다. 먹고 사느라 바빴고, 그런 와중에도 누군가와 연애를 하는 데 소홀함이 없었으며, 계절처럼 찾아오는 이별의 아픔은 매번 낯설어 그녀에게 내줄 시간은 없었다.

아까 그 새끼 고양이 때문일까. 집을 나와 주차장 앞을 지나는데 자동차 밑에서 고양이 우는 소리가 희미하게 들려왔다. 출근길이니 모른 척하자, 아는 척해봤자 당장 어떻게 해 줄 수 없으니 그냥 못 들은 걸로 하자고 생각하며 A동 쪽으로 걸었다. 그런데 금세라도 꺼질 듯한 촛불 같은 울음소리가 내 발목을 붙들더니, 결국은 바쁜 출근길을 되돌려놓고 말았다. 차디찬 바닥으로 몸을 수그려 자동차 밑을 살폈다. 앞바퀴 쪽에 젖소 문양의 새끼 고양이가 웅크린 채 울고 있었다. 배가 고파 우는 걸

까, 추워서 우는 걸까. 비쩍 마른 걸 보니 오래 굶은 것 같았고, 바들바들 떠는 걸로 보아 몹시 추운 것 같았다. 그때 고양이와 눈이 마주쳤는데, 그 빛나는 눈동자라는 것이 내게는 온갖 감정과 심정으로 빚어낸 결정체처럼 보였다. 작고 여리지만 거기에는 내가 알지 못하고 겪어보지도 못했던 마음들이 담겨 있으리라 짐작되었다. 어쩌면 내가 죽을 때까지도 알지 못할 것들을, 저 어린 고양이는 꽁꽁 언 아스팔트 위에서 벌써 혼자 감당하고 있을지도 모른다는. 그해, 그녀처럼.

"그래서 밥을 주고 오느라 늦은 거예요?"

간발의 차이로 신호에 걸린 후배가 횡단보도 앞에서 급브레이크를 밟으며 말했다. 후배의 차는 횡단보도 정지선을 한참 위반한 곳에서 간신히 멈추었다. 긴장한 듯 후배의 미간이 살짝 찌푸려져 있었다.

"미안. 안 됐잖아, 어린 고양이가. 날도 추운데."

앞으로 중심이 쏠린 내가 천장 손잡이를 붙잡고 말했다.

나는 황급히 집으로 다시 올라가 따뜻하게 데운 우유를 운두 낮은 종이팩에 부었다. 그리고 어젯밤 계란찜을 하려고 우려둔 육수에서 멸치만 골라내 씻은 뒤 잘게 찢어 비닐봉지에 담았다. 우유와 멸치를 자동차 밑에 넣어두고 후배가 사는 A동 쪽

으로 뛰는데, 그녀가 후배와 동기였다는 사실이 뒤늦게 생각났다. 그러니까, 겨울 한복판에서 만난 새끼 고양이와 후배가 그녀를 떠올리게 한 것이다.

"선배는 여전하네요."

늦은 이유를 다 들은 후배가 한숨 섞인 목소리로 말했다. 후배는 집게손가락으로 핸들을 초조하게 두드리며 신호가 얼른 바뀌기만을 기다렸다. 예전부터 급한 성격에 참을성이 없더니 후배도 여전하기는 마찬가지였다. 그러나 나는 그 말을 하지는 않았다.

같은 과 3년 후배인 현수를 만난 건 사흘 전이었다. 양손에 쓰레기봉투를 들고 공용 현관문을 나서다 외제 차에서 내리는 현수와 마주쳤다. 베레모를 푹 눌러써서 처음에는 현수를 알아보지 못했다. 그저 15평 원룸 주차장에 외제 차가 세워져 있는 게 어색하다는 생각을 하며 쓰레기를 모아두는 곳으로 향했다. 쓰러지지 않게 봉투를 내려놓고 돌아서는데 현수가 선배 맞죠? 하며 내 얼굴을 확인하려는 듯 고개를 비스듬히 기울여 다가왔다. 내 앞에 멈춰선 현수가 베레모 창을 살짝 들어올렸다. 졸업하고 처음 보는 얼굴이라 반가운 마음에 불쑥 손을 내밀었다 이내 거두었다. 현수는 내가 방금 쓰레기를 버린 걸 봤고, 나는

현수의 찰나의 망설임을 느꼈기 때문이었다. 현수는 춥다며 겨드랑이에 팔짱을 끼었지만 왠지 내가 다시 악수를 청하기라도 할까 봐 그러는 것 같았다. 어떻게 여기서 만나느냐부터 졸업 후의 안부와 근황이 한참 오간 끝에 현수는 회사 문제로 먼 친척 형이 사는 이곳 원룸에 두 달 정도 머물게 됐다고 말했다. 현수가 다니는 회사는 내 회사와 가까웠고 출퇴근 시간도 비슷했다. 차가 없다는 걸 알고 현수는 자연스레 카풀을 해주겠다는 말을 꺼냈다. 나는 두어 번 사양하다 마지못한 듯 그럴까, 라고 대답했다. 현수 등 뒤에서 반짝거리고 있는 독일 브랜드의 세단 때문이 아니라 아침마다 끔찍한 지옥을 맛보게 해주던 지하철을 떠올리자 두 달만이라도 편해지고 싶었다.

신호가 풀리고 현수는 엑셀레이터를 꾹 밟아 속도를 냈다. 그러나 월요일 아침 출근길이라 도로는 자꾸 정체됐고 현수는 그걸 좀 답답해하고 지루해했다. 달리고 멈추기를 반복하다, 좌회전 신호를 받기 위해 왼쪽 깜빡이등을 켜고 차선 변경을 기다리던 현수가 말했다.

"아까 그 고양이요."

나는 사이드미러를 응시하고 있는 현수 쪽으로 고개를 돌렸다.

"사람이 무서워서 떨고 있었던 걸 거예요. 추워서가 아니라."

"네가 어떻게 알아?"

"어디서 들었는데, 털 달린 동물들한테는 영하 15도도 아, 서늘하다, 정도래요."

"정말? 그럼 다행이고. 배만 고픈 게 어디야."

나는 괜히 안심이 되었다. 그러자 그녀가 다시 생각났다. 그해 가을, 그녀는 아까 그 고양이처럼 가늘고 떨리는 목소리로 '추워요' 나 '배고파요' 라는 말을 자주 했다. 아무에게도 들리지 않을 정도로 작은 목소리여서 아무도 그녀에게 옷을 주거나 밥을 사 주지 않았다. 그러나 들으려고 하지 않았을 뿐이지 들리지 않은 건 아니었다. 중얼거리는 듯한 그녀의 말을 알아듣고 내가 몇 번 옷을 벗어주고 밥도 사주었으니까. 털옷이 있었다면 그녀는 '추워요' 대신 '서늘해요' 라고 말했을까. 그해 가을 날씨는 춥다고 할 만한 온도는 아니었다. 다만 더없이 쓸쓸하고 외로운 온도였 다. 그러나 내가 기억하고 느끼기에 그랬다는 것이지 그녀한테 는 추운 온도였을지도 모른다. 그녀가 '추워요' 라고 했으니까 그 녀에게 그 해 가을은 추웠을 것이다. 그렇다면 그해 내가 벗어 준 옷들은 따뜻했을까. '서늘해요' 라는 말은 사람을 얼마나 안 심하게 하는가.

"혹시 은경이 근황 알아?"

좌회전이 끝나길 기다렸다 내가 물었다.

"누구요?"

"김은경. 네 동기."

"김은경?"

현수가 미간을 좁히며 고개를 갸웃거렸다.

"동기 중에 그런 이름이 있었나."

"동기 이름도 모르니? 아무리 졸업한 지 오래됐어도."

"선배가 잘못 알고 있는 거 아니에요?"

"맞아. 06학번 김은경."

"평범하고 흔한 이름이네요."

현수는 이름이 평범하고 흔해빠져서 기억나지 않는다는 투로 말했고, 무심하게 짓는 표정도 그러했다. 특이한 이름을 가지면 인생도 특별해지고, 사람들한테도 특별하게 기억될 수는 있을 것이다. 그러나 한 사람의 인생에서 기억할 것이 이름뿐인 건 아니지 않나. 그런 게 전부가 될 수는 없지 않나. 동기인데도 현수가 그녀를 기억 못하자 나는 잠시 그녀가 정말 없었던 사람인가, 라는 서늘한 생각에 잠겼다. 그해 가을의 그녀는 내가 만들어낸 환영이거나 내 눈에만 보이는 존재였던 것인가, 라는.

비록 이름은 평범하고 흔했지만 그녀는 결코 평범하고 흔하지 않았다. 적어도 내게는 특별했다. 가을이 유독 일찍 찾아왔던 그해, 전역하고 과 선후배와 동기들을 만나러 찾아간 캠퍼스는 구름 낀 선선한 날씨 속에서 단풍이 들고 있었다. 오랜만에 캠퍼스를 거니는 발걸음은 가벼웠고, 전체적으로 청춘의 열기와 활기보다 차분하고 침착한 분위기가 먼저 느껴졌다. 군대에 다녀온 사이 내 마음가짐이 달라진 것인지, 대학과 사회가 시대 변화에 부응하려 노력한 결과인지 알 수 없었다. 한편으로 그저 계절 탓일 수도 있겠다는 생각이 들었다. 대학이란 곳도 가을을 타는 거라고. 다만 이제야 내가 시간의 흐름에 따른 미묘한 차이를 분별할 줄 아는 눈을 갖게 된 건지도 모른다고. 군대에서 날카롭게 벼려진 그 감각. 달력 없이, 나무 이파리의 생몰 변화만으로 남은 전역 날짜를 기막히게 헤아리던 초자연에 가까운 능력으로 말이다.

나는 머리가 복잡하고 마음이 불안할 때 비밀스럽게 머물렀던 나만의 스폿들을 천천히 돌아본 뒤 학과 사무실에 들러 조교 형한테 전역 인사를 했다. 그리고 학회실로 내려갔다. 학회실에는 동기 녀석이 혼자 남아 서툰 실력으로 기타를 뚱땅거리고 있었다. 허리 디스크로 군 면제를 받은 놈이랑 공감 부족한 군

대 얘기를 좀 나누다 녀석을 따라 수업에 들어 가게 되었다. 전역 축하주를 마시기로 약속한 시간까지 딱히 할 일도 없었고 '1학년 새내기' 란 녀석의 말에 호기심이 생겨 따라나선 것이었다. 그 수업은 1학년 2학기 '초급 루 마니아어 번역 연습' 으로 동기가 재수강하는 전공 필수과목이었다.

동기와 나는 1학년 후배들과 좀 떨어진 자리에 앉아서 삼삼오오 모여 수다를 떨고 있는 그들의 인상을 하나하나 살폈다. 아직 취직이나 미래에 대한 걱정이 적은 시기라 그런지 모두 밝고 명랑해 보였다. 깨끗한 웃음과 그늘 없는 표정, 그리고 끼어들고 싶을 만큼 탐나지만 비집고 들어갈 자리 하나 없는 그들만의 완고한 친밀감. 그렇게 강의실을 쭉 둘러보다 그들과 멀찍이 떨어져 강의실 구석에 혼자 앉아 있는 그녀를 발견하게 되었다.

한 강의실인데 그녀는 전혀 다른 분위기 속에 따로 잠겨 있었다. 그녀의 무언가가 전염 될까 봐 그들이 떨어져 있는 것인지, 그들에게 무언가를 전염시킬까 봐 그녀 스스로 떨어져 나온 것인지 알 수 없었다. 덩어리와 어떤 이유로 덩어리가 되지 못하고 남은 자. 하여튼 그들과 그녀의 거리는 지구 반대편만큼이나 멀어 보였다. 그러나 나는, 무슨 정석定石 처럼 흔하게 널린 저쪽의 청춘과 젊음보다 다른 날씨, 다른 젊음, 다른 삶에 놓인 듯한

그녀에게 눈길이 갔다. 나는 턱을 괴고 그녀를 노골적으로 쳐다
봤다. 어깨까지 닿는 머리카락이 이마와 뺨을 가려서 얼굴은
자세히 보이지 않았다. 나의 계속된 시선을 느꼈는지 그녀가 고
개를 조금 들어 나를 힐끗 쳐다봤다. 찰나의 순간, 나는 군대에
서 얻은 감각으로 강의실 바깥의 가을이 고스란히 스며든 그녀
의 눈빛을 알아보고 크게 놀랐다. 그것은 행성에 혼자 남은 사
람이 쌓이고 쌓인 쓸쓸함을 감당하다 못해 결국 눈동자가 녹아
버리고 만 듯한 눈이었다. 그녀도 놀라기는 마찬가지였는데, 상
대방이 소금기둥이라도 될까 염려스러운 표정으로 나와 눈이
마주치자 얼른 고개를 숙였다. 쟤는 왜 떨어져 앉아 있어? 내
물음에 동기가 전공 책을 들여다보며 무덤덤하게 대답했다. 원
래 그래. 이름은 뭐야? 이름? 김, 뭐였는데…… 몰라.

　수업이 시작되어도 그녀는 고개를 들지 않았다. 수업 막바지
에 교수가 거기, 자네. 36페이지 첫 문단 읽고 해석해보게, 라고
말했다. 순간 강의실에 정적이 감돌았고, 학생들의 시선이 일제
히 구석으로 향했다. 그러나 그녀에게 주어진 시간은 침묵으로
난처하게 흘러갈 뿐이었다. 초급임에도 그녀는 해석은커녕 문장
한 줄 제대로 읽지 못했다. 그녀의 고개는 더욱 깊숙이 잦아들
었고, 수업은 결국 침묵으로 끝나버렸다.

현수는 내 특별한 얘기를 듣고도 회사에 도착할 때까지 그녀를 기억해 내지 못했다. 현수한테는 특별하지 않았던 모양이었다. 그럼에도 나는 이해되지 않았다. 혼자 떨어져 지내는 사람은 이상해서라도 기억에 남지 않나. 그랬더니 현수는 오히려 떨어져 있는 사람이니까 간유리처럼 흐릿하게 남아서 어느 순간 그조차도 시간이란 어둠 속으로 사라지는 거라고 심드렁하게 말했다. 그러나 현수한테는 그녀가 흐릿한 간유리로도 남은 적이 없는 것 같았는데, 나는 그 말을 하지 않고 차에서 내렸다.

*

한파가 절정에 달하더니 새해 첫날까지 이어진 폭설로 세상은 하얗게 마비되었다. 멈춰 버린 도시로 인해 연인들의 약속은 지체되거나 취소되었고, 얼마 전 애인과 헤어진 나 같은 사람은 마음까지 굳어서 제야의 종소리와 해돋이의 의미마저 회의적으로 변해버린 날들이었다. 애인 없는 친구들한테서 만나자는 전화가 몇 통 걸려왔지만 폭설은 '나가기 귀찮은' 마음을 '나가기 어려운' 핑계로 바꿔놓기에 좋은 날씨였다.

따뜻한 방에 갇힌 나는 뜨거운 커피 잔을 들고 창밖을 내다

봤다. 모든 걸 고립시키겠다는 듯 눈은 하얀 벽처럼 내렸다. 사람이고 차고 그 안에 꼼짝없이 묶인 가운데 눈 속을 이리저리 굴러다니는 까만 점 같은 녀석이 있었다. 나는 입김이 서릴 정도로 유리창에 얼굴을 갖다 대고 바깥을 내다봤다. 며칠 전 출근길 발목을 붙들었던 그 고양이였다. 아직 새끼라 그런지, 현수 말대로 이 한파가 그저 서늘할 뿐인지 녀석은 눈밭을 바쁘게 뛰어다니고 있었다. 혼자 노는 것 같았고, 사람들을 피해 다니는 훈련을 열심히 해보는 것도 같았다. 그날 이후 아무것도 먹은 게 없다면 배가 고프겠구나, 라는 생각이 들었다. 나는 서둘러 잔을 비운 뒤 점퍼를 챙겨 입고 집을 나섰다.

편의점에서 고양이용 사료와 캔을 사 왔다. 녀석은 사람 손 탄 고양이가 아닌지 내가 다가가면 그 거리만큼 잽싸게 피했다. 일정한 시간과 장소에 먹이를 놓아두고 스스로 찾아와 먹기를 바랄 수밖에 없었다. 나는 화단의 쌓인 눈을 걷어낸 자리에 캔을 놓고 기둥 뒤로 가서 지켜봤다. 자동차 밑에 숨어 있던 녀석이 작은 눈동자로 주변을 살피면서 먹이 앞으로 조심스레 다가갔다. 꼬리가 짧고 끝이 살짝 꼬부라져 있었다. 그리고 신기하게도 등뼈 쪽 얼룩무늬가 하트 문양이었다. 녀석은 손에 잡히고 길들일 수 있는 고양이가 아닌 듯싶었고, 저렇게 계속 무언가를

경계하거나 피해 다니며 살아야 하는 운명인 것 같았다. 그런 삶을 사는 심장은 늘 피곤하고 불안하게 뛸 테지. 나는 아, 하고 유령 같은 입김을 내뿜으며 흐린 하늘을 올려다봤다. 지금 나는 이 차가운 눈을 어떤 눈동자로 바라보고 있을까. 눈송이가 얼굴에 닿아 녹은 자리가 눈물 자국 마냥 얼룩졌다.

그녀는 항상 눈물이 필요한 사람처럼 보였지만 정작 한 번도 눈물을 흘리지 않았다. 금방이라도 울 것 같은데도 울지 않았고, 울음을 머금은 듯한 목소리였지만 그 목소리를 우는 데 쓰지 않았다. 그날 침묵으로 수업이 끝난 후, 나는 그녀를 찾아 캠퍼스를 돌아다녔다. 그녀가 수업 중 겪었을 창피함이 내내 신경 쓰여서 가만히 있을 수 없었다. 놀랍게도 그녀를 찾은 곳은 내가 머리가 복잡하고 마음이 불안할 때 비밀스럽게 머물던 장소 중 하나였다. 작은 연못 앞에 놓인 낡은 벤치. 해가 들지 않아 습하고 싸늘한 데다 3년 전 익사 사고까지 있어서 사람들의 발길이 끊어진 곳이지만 가을 눈동자를 가진 그녀라면 갈 만하다는 생각이 들었다.

그녀는 고개를 푹 숙이고 앉아 무릎 위에 펴놓은 초급 루마니아 교재를 들여다보고 있었다. 그녀에게 굴욕을 안긴 36페이지였다. 우는가, 싶었으나 우는 건 아니었다. 다만 그녀의 심장

이 피곤하고 불안하게 뛰는 소리가 들려왔다. 내가 그녀 옆으로 가서 앉자 심장 박동 소리가 더 크게 들려왔다. 혹시 그것은 내 심장이 뛰는 소리였을까. 그때 그녀가 고개를 들어 나를 쳐다본 뒤 깜짝 놀란 표정으로 다시 고개를 푹 숙였다. 얼굴에 흉이라도 있나 싶었지만 아주 깨끗했다. 바로 옆에서 마주친 그녀의 눈동자는 가을 색이 더 깊고 짙었다. 연못 쪽에서 불어온 바람이 내 몸을 스쳤을 때, 사포로 문지르기라도 한 듯 심장이 쓰라려 왔다.

"처음 배우는 언어는 어려운 게 당연해."

지저분한 연못에 초록색으로 점점이 떠 있는 부평초를 쳐다보며 내가 말했다.

"그러니까 고개 숙일 필요 없어."

"읽을 수…… 있어요."

한참 있다 그녀가 소심한 목소리로 말했다. 너무 소심하고 작아서 바람이 세게 불기라 도 하면 들리지 않을 정도였다.

"독해도?"

"조금요."

그녀가 고개를 끄덕이며 간신히 말했다.

"근데 수업 시간에는 왜……"

그녀가 대답하지 않고 또 고개를 떨구자 내가 물었다.

"우리 과는 어떻게 들어오게 됐어?"

"제가 전혀 모르고…… 배운 적 없는 언어라서."

자신감 없고 소심한 행동과 달리 그녀는 모험심과 호기심이 많은 사람일지도 모른다는 생각이 들었다. 그녀는 36페이지 모서리를 삼각형으로 접었다 펴기를 반복했다. 저러다 찢어지겠다고 생각하고 있는데 그녀가 울음을 머금은 듯한 떨리는 목소리로 간신히 물었다.

"선배님은요?"

"초등학교 1학년 마치고 루마니아로 이민을 갔어. 아버지 사업 때문에. 5년 정도 살았어."

"엄청…… 잘하시겠다."

엄청 부러워하는 목소리였다.

"쓸 일이 없으니까 자꾸 까먹더라. 그래서 제대로 해보려고 들어왔어."

"루마니아는…… 어떤 나라에요?"

"궁금해?"

페이지 접다 펴기를 멈추고 그녀가 고개를 희미하게 끄덕였다.

"그럼, 내일모레 점심때 여기서 다시 보자."

그것이 그해 가을, 나의 특별한 연애의 시작이었다.

하늘에서 쏟아진 눈송이가 내 눈물이 되어주는 사이, 녀석은 캔을 먹고 어디론가 가버렸다. 녀석이 남긴 먹이가 눈에 하얗게 덮이고 있었다. 그래도 안심되는 건 눈은 녹는다는 것과 녀석에게 눈은 서늘하다는 것이었다.

*

한파가 한풀 꺾이고, 정강이까지 쌓였던 눈도 모두 녹아서 도로는 깨끗하게 말라 있었다. 현수는 며칠 동안 언 도로를 굼뜬 속도로 운전하는 걸 짜증스러워하더니 오늘은 해방 감에 기분이 좋아 보였다. 차를 얻어 타는 입장에서도 덜 불편했다. 현수는 정체가 심하지 않은 목요일 아침을 여유롭게 운전했고, 여유는 대화로 이어졌다.

"등에 하트 문양 있다는 그 특별한 고양이한테 지금도 계속 밥 챙겨주는 거예요?"

"응."

"언제 한번 보고 싶네요. 그 하트."

"고양이가 아니고?"

"고양이도요."

"가까이 있으니까, 보려고만 하면 언제든 볼 수 있어. 고양이든, 하트든."

현수가 글로브 박스에서 자일리톨 껌을 꺼내 건넸다.

"전 선배만은 학교에 남을 줄 알았어요."

"나도."

나는 껌을 받아 입에 넣으며 뒤로 밀려나는 창밖의 가로수에 시선을 두었다.

내 꿈은 루마니아 문학을 전공해 교수가 되는 것이었다. 그게 어렵다면 루마니아 문학을 꾸준하게 소개하는 사람이라도 되고 싶었다. 내 꿈이 이상적이란 걸 아버지가 돌아가신 후 깨달았다. 진부하기 짝이 없는, 아버지가 남긴 빚과 신경 쇠약에 걸린 어머니 그리고 어린 두 동생. 문학은 늘 삶을 노래하지만 삶은 문학으로 영위되는 게 아니었다. 그러자 문학이야말로 삶에 대해 아무것도 모르는 철부지라는 생각이 들었다. 그걸 깨달아버린 나한테 화가 났고, 알려준 세상을 향해서는 분노가 치밀었다. 그런다고 세상이 달라지는 건 없었다. 나한테만 달라져야 할 것들이 산더미처럼 남아 있을 뿐이었다. 나는 루마니아 시집과 사

전을 덮고 공공기관 입사를 준비했다. 준비한 지 반년 만에 바로 합격했고, 주변 사람들로부터 진정 어린 축하를 받았다. 그렇게 나는 떠밀리듯 루마니아 문학과 결별했다. 결별의 결과는 현재 15평 원룸 생활자란 사실만이 남았다.

"넌 지금 회사가 첫 직장이야?"

"네."

현수가 다니는 회사는 대기업 계열사였다.

"잘 들어갔네."

"학교 때 어땠는지 선배가 더 잘 알잖아요. 수업은 거의 안 들어가고, 학점도 엉망이었던 거."

현수가 껌을 소리 내지 않고 우물우물 씹으며 말했다.

"아버지 빽 덕이죠."

현수 아버지가 유수의 대기업 임원이란 건 이미 알고 있었다. 현수는 티슈 한 장을 뽑아 단물 빠진 껌을 뱉으며 고백하듯 말했다.

"아버지가 1년만 잘 다니라고 반강제로 집어넣었어요. 지각 안 하고 문제 될 행동만 하지 않으면 ……"

현수는 끝을 흐렸지만, 나는 그 뒷말을 듣지 않고도 알 수 있었다. 현수는 두 달이 지나면 본사로 출근하게 될 것이다. 본래

는 두 달 전 인사이동이 예정되어 있었으나 차질이 생겨 미뤄진 상태일 것이다. 급한 성격 탓에 집을 이미 본사 근처로 옮긴 터라 먼 친척 형의 집에 신세를 지게 된 것이다. 그러니 현수는 두 달 동안 성실하게 출퇴근만 잘하면 문제없이 본사로 인사 발령을 받게 될 것이다.

나는 뒤로 밀려나는 창밖의 가로수를 다시 쳐다봤다.

"아, 선배. 저번에 이름이 김은경이랬죠?"

더운지 현수가 히터 온도를 조금 내리며 물었다.

"동기 몇 명한테 물어봤는데 다 모르더라고요."

"너랑 친했던 애들이야?"

"그렇죠, 뭐."

"그래서 모르나 보다."

"다시 한번 잘 알아봐요, 선배."

나는 창밖에 두고 있던 시선을 거두어 현수를 쳐다봤다.

"아마 이름이 틀리거나 학번이 다를 거예요."

그러고는 이어서 말했다.

"우리 학교나 우리 과 학생이 아닐지도 모르죠. 가짜 대학생 행세하며 도강을 했던 건 지도요. 그러면 다들 모를 수 있어요."

이름도 학번도 틀린 건 없었다. 물론 도강도 아니었다. 그녀는

가방에 항상 루마니아어 사전을 넣고 다녔다. 누가 가져가기라도 할까 봐 사전의 책배와 책머리, 책밑에까지 매직으로 큼지막하게 학번과 이름을 적어놓았다. 연못 앞 벤치에 앉아서 '내일모레 보자'고 말할 수 있었던 것은 그녀의 천 가방으로 살짝 보이던 그 루한사전 때문이었다. 그녀는 내가 다시 만나자고 한 날에도 먼저 벤치에 나와 사전을 들여다보고 있었다. 사전이란 물건은 어느 모로 봐도 결코 쉬운 책이 아니었다. 무게와 두께, 수많은 페이지를 채우고 있는 자잘한 낱말들, 무엇보다 그걸 익혀야 한다는 것. 사전을 들고 다닌다는 건 굉장히 어려운 일이란 걸 누구보다 잘 알고 있었다. 두꺼운 사전을 보자 내가 왜 그날 그녀를 찾아 캠퍼스를 돌아다녔는지도 알게 되었다. 수업 시간 그녀의 모습이 익숙했던 것이다. 루마니아어를 한마디도 하지 못했던 과거 내 모습. 읽지도 쓰지도 못하고 입도 제대로 떼지 못해서 쩔쩔맸던 이민 시절. 그래서 고개 숙인 채 친구들과 떨어져 지낼 수밖에 없었던 무수한 날들. 어린 나이에 들고 다녀야 했던 사전은 얼마나 무겁고 무서웠던가. 그때 내 눈도 그녀 같지 않았을까.

내가 벤치로 가서 앉자 그녀는 고개 숙인 채 인사를 했다.

"여기 무섭지 않니? 사람 빠져 죽은 데잖아."

썩은 연못 물에서 시큼한 냄새가 올라왔다. 그녀가 고개를 조금 들어 연못을 쳐다봤다. 그때 그녀의 눈동자에 썩은 연못이 아닌 가을바람이 비치는 걸 느꼈다. 눈에 보일 리 없는 바람이.

"사람은 누구나 죽어요. 어디서든."

그녀가 말했다. 죽은 사람은 우리 학교 학생이었는데. 만취 상태로 밤에 혼자 캠퍼스를 거닐다 실족해 연못에 빠졌다.

"외로울 거예요. 그 사람."

그녀가 아무리 외로움에 대해 잘 아는 눈동자를 가졌어도 물에 빠져 허우적대다 혼자 죽어간 사람의 마음은 알 수 없을 거란 생각이 들었다. 그녀는 조용히 사전을 덮고 천 가방에 집어넣었다. 그러자 나는 배낭에서 인쇄된 종이 뭉치를 꺼내 그녀에게 건넸다. 그녀가 소심한 목소리로 뭐냐고 물었다.

"단편소설. 내가 사흘 동안 밤새 번역한."

그녀가 고개를 제법 크게 들어 올려 나를 쳐다봤다. 눈이 마주쳤고, 심장에 사포질이 거칠게 가해졌다. 그해 가을, 스웨터처럼 뜨거웠던 내 심장은 그녀의 눈동자로 인해 너무 자주 문질러지고 마찰되어서 보풀이 일었을 것이다. 나는 숨을 꾹 가다듬은 뒤 인쇄물을 그녀의 무릎에 올려놓았다. 종이 뭉치는 페이지를 옆으로 넘기는 형식이었고, 가운데를 절반 나눠 왼쪽에는 원

문을 오른쪽에는 번역한 문장을 타이핑한 것이었다.

"루마니아 작가 도리넬 체보타루의 작품이야."

그녀가 고개를 숙여 첫 페이지에 손바닥을 갖다 댔다. 체온이나 심장 박동을 느껴보려는 것 같았다.

"우리나라에는 번역된 적이 없어. 루마니아에서도 무명에 가까운 작가야. 누구도 발견 하려고 하지 않는 작가이기도 해. 어쩌면 영원히 번역되지 않아서 아무도 모르고 지나쳐버릴지 몰라."

"외로운 사람이네요."

그러고는 그녀가 단편소설의 원제를 소리 내어 읽었다.

"Când vin norii."

처음 듣는 그녀의 루마니아어 발음은 부드럽고 정확했다.

"구름이 몰려오면."

나는 우리말로 번역한 단편소설의 제목을 소리 내어 말했다.

"루마니아 문화와 역사가 잘 드러나 있는 작품이야. 주석도 달아뒀으니까 이해하는 데 어려움은 없을 거야."

"우리나라에선 선배님이랑 저만 아는 작품이네요."

"그렇게 되는 건가?"

'둘만 아는' 이란 의미가 좋아서 나는 도리넬 체보타루의 작

품이 앞으로 우리나라에 소개될 기회가 아주 없었으면 좋겠다고 생각했다. 선물은 둘만 알아야 가치가 있으니까. 작가로서 그가 겪어야 할 불운과 그로 인해 계속될 외로움에는 몹시 미안했지만. 그런데 15년이 지난 지금도 그의 작품은 국내에 소개되지 않고 있었다.

"고맙습니다, 선배님. 잘 읽을게요."

그녀는 감사를 표하는 것조차 소심하고 얌전했지만 머리카락 사이로 보이던 그녀의 눈빛을 지금도 잊을 수가 없다. 그 눈빛은 문학이란 이런 것이었구나, 문학에는 이런 힘이 있구나, 라는 걸 알게 해주는 빛이었다. 그날, 그 눈빛의 깊이에 빠져들어 다짐했다. 대학에 오래 남아 루마니아 문학을 깊게 연구하는 사람이 되겠노라고.

"다시 한번 잘 찾아봐."

나는 창밖으로 고개를 돌리며 현수에게 말했다.

"아마 너희들 기억 어딘가에 있을 테니까."

현수가 기억의 서랍을 뒤지려는 듯 미간을 찌푸리며 자동차 속도를 늦추었다. 나는 단물 빠진 자일리톨 껌을 뱉지 않고 회사에 도착할 때까지 계속 씹었다.

*

    오늘 퇴근은 카풀 없이 지하철로 했다. 현수는 인사이동에 중요한 저녁 식사 자리가 있었고, 나는 외근을 마친 뒤 바로 집으로 가는 길이었다. 한 시간 일찍 퇴근했는데도 지하철은 여유 없이 분주하고 복잡해서 관자놀이가 묵직해졌다. 한 달 넘게 현수 차로 편하게 출퇴근을 하다 보니 그 생활이 몸에 밴 것인가. 나는 이어폰을 꽂고 멈춰 선 전동차에 몸을 구겨 넣었다. 공기는 탁했고, 사람들한테서는 이상한 냄새가 났으며, 창밖은 깜깜했다. 이미 아는 사실이 새삼스러워서 눈을 감은 후 스트리밍으로 듣고 있는 노래 가사에 집중했다. 오늘 신곡을 발표한 아이돌 출신 발라드 가수의 노래였는데 어딘지 익숙했다. 내 일기장을 훔쳐보고 쓴 듯한 가사에 갑자기 울컥, 목울대가 출렁였다. 현수의 차였다면 마음 놓고 울었을 텐데. 눈물이든 소리든 누군가한테 들킬까 봐 입술을 꽉 깨물며 얼른 고개를 숙였다. 그러고 나는 음악을 끄고 라디오를 틀었다. 뉴스에서는 내일 오후부터 다시 긴 한파가 시작될 거라는 날씨 예보가 흘러나왔다.

    그러나 내일이 아니라 지금부터인 것 같았다. 지하철에서 내려 집으로 가는 동안 온몸이 꽁꽁 얼어붙었다. 그럼에도 나는

집으로 곧장 올라가지 않았다. 등에 하트 문양을 짊어진 녀석이 화단의 작은 바위 뒤에 숨어 있다 나와 눈이 마주쳤다. 그새 친구를 사귀었는지 혼자가 아니었다. 녀석은 놀란 듯 삼색 고양이와 함께 자동차 밑으로 급하게 기어들어갔다. 녀석이 자신보다 덩치가 약간 큰 삼색 고양이를 따라다니는 식이었다. 그들은 그곳이 가장 안전하다고 생각하는 것 같았다. 서늘한 날씨와 동료. 안심 거리가 하나 더 늘었다. 나는 집에서 사료를 가져다 항상 먹이를 놓아두던 곳에 부어놓고 돌아섰다.

그해 가을, 그녀도 친구나 동료가 생겼다고 생각했을까. 나는, 그녀에게 선배 이상의 감정을 느꼈는데 그녀는 눈치챘을까. 그 뒤로 그녀와 나는 사흘에 한 번꼴로 연못 앞 벤치에서 꼬박꼬박 점심시간 쯤 만났다. 물론 나는 빈손이 아니라, 그녀에게 선물할 체보타루의 단편소설을 밤새 번역해 들고 나갔다. 내가 배낭에서 체보타루의 소설을 꺼내 건네면 그녀는 원제를 소리 내어 읽은 뒤 먼젓번 선물 받은 소설에 대한 감상평을 소심한 목소리로 들려주었다. 그녀와 내가 체보타루 소설을 두고 주고받는 이야기는 다양하고 색달랐지만 대부분의 생각은 신기할 정도로 일치했다. 체보타루 이야기는 밤새 해도 모자랄 만큼 끝이 없었고, 아무리 해도 지겹거나 질리지 않았다.

그날 내가 선물한 여섯 번째 소설은 「저쪽 끝」이란 단편으로 도시인의 고독이 잘 드러난 작품이었다. 그는 그런 글을 쓸 수밖에 없는 사람이었다. 도리넬 체보타루 자체가 불안과 고독의 작가였고 불안과 고독을 잘 아는 작가였다. 서커스 단장인 아버지와 연극배우 출신 어머니 사이에서 태어난 그는 부모를 따라 도시를 떠돌아다니며 살았다. 그의 불안과 고독은 이런 성장 배경에서 기인했다. 유랑생활로 정규 교육을 받지 못했고, 친구를 사귈 수도 없는 처지의 그에게 읽기와 쓰기는 필연적인 것이었다. 그는 혼자라는 불안과 고독을 이겨내기 위해 강박적으로 읽거나 썼다. 무언가를 남기고 완성하기 위한 게 아니므로 읽은 것은 금방 잊어버렸고 쓴 것은 지우고 그 위에 다시 썼다. 종이가 쌓이는 것 또한 유랑생활자에게는 짐이기 때문이었다. 그의 글에는 도시와 여관이 자주 등장했다. 떠돌던 도시와 짐을 풀던 여관. 싸구려 여관은 그가 태어난 곳이자 글을 읽고 쓰는 장소였다. 그래서인지 자신이 죽을 곳도 여관이 될 거라고 자주 언급하곤 했다. 그의 불안과 고독은 열아홉 살 때 당한 열차 사고 후 극심해졌다. 사고 현장에서 부모를 한꺼번에 잃고 혼자 살아나왔다는 충격 때문이었다. 그는 죄책감에 사로잡힐 때마다 짐을 꾸려 머물던 도시를 도망치듯 떠났다. 열차 사고 후 달라진

게 하나 더 있다면 쓴 글을 지우지 않고 보관하게 됐다는 것이었다. 돈이 모자라 책을 살 수 없을 때 자신이 쓴 글이라도 읽기 위해서였는데, 읽다 보니 문장을 틈틈이 고치게 되었고, 고친 글들은 출간이 가능할 정도로 자연스레 정리가 되었다. 알코올중독으로 정신병원에 오랫동안 입원한 적은 있으나 50대에 접어든 그는 여전히 어느 한곳에 뿌리내리지 못한 채 불안하고 고독하게 살아갔다. 그는 끊임없이 도시와 사랑을 얘기하는 작가지만, 독자의 사랑을 받지 못하는 예술가였다. 그는 그러한 사실에 조금도 개의치 않았다.

"Celâlalt capât."

그녀가 다시 한번 원제를 읽었다. 저쪽 끝. 그녀가 고개를 조금 들어 연못을 바라보더 니 이전에 선물한 체보타루의 소설이 아닌 자신의 얘기를 꺼냈다. 처음으로 하는 자기 얘기였고 눈目에 대한 것이었다.

"눈을 맞추는 게 힘들어요. 언제부터인지는 모르겠지만."

그녀가 다시 고개를 숙였고, 머리카락이 커튼처럼 그녀의 얼굴을 가렸다.

"눈들이, 무서워요."

"사람들의 눈이 무서운 거야, 네 눈을 사람들이 무서워하는

게 무서운 거야?"

"둘 다요."

그녀가 조금 머뭇거리다 대답했다.

"눈이 칼 같아요. 자꾸 찔러요."

"그렇지 않아."

"네?"

그녀가 눈을 살짝 치켜떴다.

"다른 사람들 눈은 칼 같을지 몰라도, 네 눈은 그렇지 않다고."

"그럼요?"

"가을 날씨 같아."

"가을 날씨……"

"인간의 근원 같은 거랄까. 특별하고 달라 보이지만 그게 본래라는 걸 몰라서 놓치고 마는 거."

그때 연못 쪽에서 찬바람이 세게 불어왔다. 바닥에 떨어진 낙엽들은 바스락거리며 뒹굴었고, 그녀의 무릎 위에 놓인 체보타루 소설은 바스락대며 나부꼈다. 그녀가 손바닥으로 종이를 지그시 누르며 작게 말했다.

"추워요."

그러고는 이어서 말했다.

"배고파요."

나는 입고 있던 청재킷을 벗어 그녀의 어깨를 덮어주었다. 그러고 우리는 벤치에서 일어나 학생 식당으로 갔다. 배식 시간이 거의 끝나서 식당 안은 한산했다. 우리는 식판을 들고 구석으로 가서 마주 보고 앉아 백반을 먹었다. 나는 밥을 한술 뜰 때마다 그녀의 눈을 꼭 쳐다봤다. 마주 보고 앉으면 자연스럽게 가을 눈동자를 볼 수 있어서 그녀가 '배고파요'라고 말하는 걸 좋아했고, 그 작은 소리를 놓치지 않으려고 노력했다.

그해, 더 깊어진 가을 속 그녀를 생각하다 나는 2층 계단참으로 내려가 창문을 열고 바깥을 내다봤다. 창문 여는 소리에, 머리를 맞대고 사료를 먹던 두 녀석의 눈이 나와 마주쳤다. 그것은 겨울을 지나는 눈동자였다.

*

기상예보대로 사상 최강의 한파가 일주일을 얼리고 난 후, 고양이가 사라졌다. 어린 녀석이 감당하기에 서늘하다고 할 수 없는 추위였는지, 다른 불행한 사고를 당한 것인지 안 보인 지 닷

새가 흐르고 있었다. 같이 다니던 삼색 고양이도 보이지 않았다. 닷새 전에 놓아둔 사료는 한 알도 줄지 않고 그대로였다. 혹독한 추위에 어쩌면 몸이 아니라 마음이 먼저 얼어버렸는지도 모르겠다. 그러다 끝내 몸까지 꽁꽁 얼어버렸는지도. 왜 마음을 준 것 들은 항상 예고 없이 떠나버리는 걸까. 떠나겠다고 말하고 떠나는 건 떠나는 게 아니지 않을까, 라는 생각을 한 적이 있었다. 말이 있으면 걱정하고 그리워하는 시간이 점점 줄어들어서 나중에는 떠났다는 생각이 안 드는 거라고. 그래서 말없이 떠나는 것들은 그 사람의 마음에서 떠나고 싶지 않아서 일부러 갑자기 가버리는 건지도 모른다고.

"등에 하트 문양이 있다고 했죠?"

운전에 집중하던 현수가 기계적으로 물었고, 나는 "응"이라고 대답했다.

"꼭 보고 싶었는데, 그 하트."

현수한테는 고양이보다 하트 문양이 특별한 모양이었다.

"둘 다 없어졌으면 더 좋은 곳으로 같이 간 거 아닐까요?"

현수는 신호등이 바뀌기 직전에 사거리를 간신히 통과하며 말했다. 온라인 게임에서 아슬하게 승리한 사람처럼 얼굴은 상기되어 있었다. 환호라도 하고 싶은 걸 참는 것 같았다.

"길고양이한테 더 좋은 곳이란 게 있을까."

나는 차분하게 유리창에 낀 서리를 소맷부리로 닦으며 말했다.

"방금 뭐랬어요, 선배?"

현수는 이제야 정신이 돌아온 듯했다.

"아니야."

"아, 참. 선배."

나는 고개를 현수 쪽으로 돌렸다. 현수가 사이드미러에 시선을 두고 차선 변경을 시도하며 말했다.

"기억났어요."

"뭐가."

나는 시큰둥하게 물었다.

"잘 찾아보라면서요. 기억 어딘가에 있을 거라고."

갓길로 차를 이동한 현수가 깜빡이 등을 껐다.

"이름이 김은경인 건 모르겠지만 그런 애가 우리 과에 있었다는 건 기억났다고요."

나는 속으로 안도의 숨을 내쉬었다. 그녀가 없었던 사람이 아닌 게. 내가 만들어낸 환영도 아니란 사실이. 그해 가을, 그녀와의 일들이 입증된 것 같고 비로소 실감도 나서. 그녀는 고개를

들어 자기 목소리로 말하지 못했던 사람이라 특별하지 않았고, 그리하여 사람들의 기억에 흔적으로도 남지 않았지만 내게는 그보다 더 특별할 수 없었다. 한 덩어리가 되지 못하고 멀리 떨어진 자리에 홀로 떠 있다는 것, 고독한 시간을 홀로 견뎌내는 마음에도 용기가 필요하므로 특별함이 있는 것이었다. 사람들은 덩어리를 지향하기에 덩어리가 되지 않거나 되지 못하고 남은 사람을 우리는 기억이라도 해주어야 하지 않을까.

"근데, 선배 잘못이에요."

"왜?"

"처음부터 학교 관둔 애란 말을 했으면 안 헤맸죠."

"관뒀어도, 동기잖아."

"3학년이나 4학년 때 관둔 거랑 1학년 때 관둔 건 차이가 있죠. 기억에."

나는 대꾸하지 않았다.

"좀 이상한 애였죠. 고개를 숙이고 다녀서 얼굴을 제대로 본 적이 없었어요. 말도 못 해봤고요. 그러니까 얼굴도 목소리도 몰라요."

나는 팔짱을 끼고 앞을 응시했다.

"너무 없는 애처럼 지내니까 어느 날 갑자기 그렇게 사라져도

없어진지 아무도 모르죠."

현수는 기억하지 못했던 건 자기 탓이 아니란 말을 하고 싶은 것 같았다.

"근데 학교를 왜 관둔 거죠?"

체보타루의 아홉 번째 단편소설을 손에 쥐고 연못 앞 벤치에서 어두워질 때까지 기다렸지만 그녀는 나타나지 않았다. 다음 날에도. 그녀는 중간고사를 하루 앞두고 학교에 나오지 않았다. 아무도 이유를 알지 못했고, 봤다는 사람이나 궁금해하는 사람도 없었다. 그들에게 그녀는 처음부터 없는 사람이라서 사라진 게 아니었을 것이다. 현수처럼 당시 나도 그녀가 가짜 대학생일지도 모른다는 의심을 했다. 가짜라서 그렇게 갑자기 학교를 관두고 사라졌던 것이고, 사전에 이름과 학번을 과장되게 큰 글씨로 적어둘 필요가 있었던 거라고.

나는 세 번째 날에도 벤치에 앉아 그녀를 기다렸다. 연못은 더 썩어들었고, 나무가 떨군 낙엽들은 바람에 부들부들 떨며 말라갔다. 한 사람을 위해 내가 좋아하는 작가의 소설을 번역한다는 건 얼마나 신나는 일이었던가. 둘만 아는 작가와 소설이 있다는 건 얼마나 신비로운 비밀이었던가. 잠을 자지 못해도 피곤한 줄 몰랐고, 번역할 소설이 줄어드는 게 불안해서 루마니아

에 사는 친구한테 연락해 체보타루 소설을 구해 달라고 부탁까지 했다. 나는 가을의 한복판에서 주변을 둘러봤다. 마치 그녀의 눈동자 속에 혼자 앉아 있는 듯한 기분이 들었다. 거대한 그녀의 눈동자가 세계를 그 안에 가둬서 쓸쓸함의 끝을 보여주는 것 같았다. 바람이 스치자 온몸은 갈라져서 쓰라렸다. 그 쓰라림이 상처를 뚫고 몸속 장기로 스며들 때까지 가만히 앉아서 그녀가 떠난 이유에 대해 생각했다. 그녀는 자신의 한 세계가 끝났다고 여겨서 가버린 걸까, 아니면 그녀의 한 세계가 시작됐다고 단정해서 사라진 걸까. 그리고 지금, 히터가 틀어져 적당한 온도로 따뜻하고 편안한 현수의 외제 차 안에서 다시 생각한다. 그해, 그녀가 사라지지 않았다면 나는 어려움 속에서도 루마니아 문학을 포기하지 않았을까. 지금껏 번역을 손에서 놓지 않았을까. 내가 대학에 남지 않았던 것은 아버지가 떠넘긴 빚과 신경 쇠약에 걸린 어머니, 어린 두 동생들 때문이 아니라 그녀 때문이었던 건 아닐까. 그해, 나에게는 커다란 세계였던 그녀가 예고도 징후도 없이 마지막 낙엽처럼 떠나버렸기에. 나와 그녀와 체보타루의 소설이 함께했던 한 달의 연애는 그렇게 끝이 났다.

"그렇게 고개 숙이고, 동기들과 눈도 안 맞추고 4년을 다니는 것도 힘들었을 거예요."

끼어들기 하는 차량을 향해 현수가 클랙슨을 신경질적으로
울렸다.

"기질상 대학생활이 맞지 않았던 거겠죠."

덩어리가 되지 못하고 남은 사람. 가을에 연애를 하고 있어
도 외로웠던 건 가을에만은 그녀와 연애를 해야 한다고 생각해
서였을까. 그래서 유독 가을에 이별을 자주했던 걸까. 가을에는
혼자여만 할 것 같아서. 아까 닦은 유리창에 다시 서리가 끼었
다. 닦으려다 그대로 둔 채 눈을 감았다. 현수가 무슨 말인가를
했지만 나는 대꾸하지 않았다. 그러자 조용한 음악을 틀었다.

*

두려울 정도로 추웠던 2월도 다 지나고, 오늘은 경칩을 며칠
앞둔 날이자 현수와의 카풀 마지막 날이었다. 현수는 다음 주
부터 본사로 출근하게 되었고, 나는 여기 남아 예전처럼 매일
지하철로 지옥을 맛보며 지내게 될 것이다. 눈도 많이 오고 도
로가 언 날들 또한 많은 겨울이었다. 두 달 동안 신세 진 게 고
마워서 기름값이라도 하라고 봉투를 내밀었더니 현수가 정색을
하며 점심이나 사달라고 했다. 나는 고급레스토랑을 염두에 두

037

고 있었는데 현수가 회사 근처 감자탕집에 가자고 해서 조금 놀랐다. 포크와 나이프를 사용하는 메뉴가 아니라 손으로 돼지 뼈를 잡고, 고기를 뜯고 쪽쪽 소리 내며 먹는 감자탕이라니.

"저에 대한 선입견이 마지막 날에라도 조금 깨져서 다행이에요."

"알고 있었어?"

"선배만 그런 것도 아닌데요, 뭐."

현수가 물수건을 돌돌 풀어서 손가락을 구석구석 닦았다.

"다들 날 그렇게 봐요."

나는 수저를 꺼내 현수 앞에 먼저 놓아주었다.

"예전에 여자친구는 스테이크 좋아하게 생겨서 만났더니 맨날 순대니 곱창이니 돼지국 밥집만 데려간다며 헤어지자고 하더라고요."

"그래서 헤어졌어?"

"깔끔하게요."

점심시간이라 감자탕집은 회사원들로 북적거렸다. 지하철을 탄 것처럼 어수선하고 어지럽다고 했더니, 현수는 가끔 그런 게 그립다며 물기 없는 목소리로 말했다.

"사람을 오징어로 만드는 지하철을 안 타봐서 그런 말 하지."

"못 타요."

"못 타? 안 타는 게 아니고 왜 못 타는데?"

"공황이 있어요."

"어……"

"그리워요. 그런 것들이. 건강하면 정말 아무것도 아닌 것들이요."

현수도 덩어리가 되지 못한 것일까. 사람은 누구나 마음 한쪽에 덩어리가 되지 못하고 남은 자국을 지니고 살아가는가. 아니 우리는 결국 모두 덩어리가 되지 못하고 남은 사람들에 불과한 걸까. 덩어리는 허상인가.

"원인이 뭐야?"

"압박감."

"무엇이 압박하는데?"

"아버지요. 두 달 동안 수면제 없이는 한숨도 못 잤어요. 아마 본사로 가더라도 오래 못 버틸 거예요. 아버지 얼굴 봐서, 아버지가 하라는 대로 하는 거예요. 이번에 또 실패하는 거 보면 아버지도 포기하시겠죠."

"너 하고 싶은 게 따로 있구나?"

현수는 고개를 끄덕였다. 나는 그게 무엇이냐고 묻지 않고 대

신 국자로 돼지 뼈를 건져 현수의 앞접시에 놓아주었다. 어쩌면 그 꿈을 위해 현수는 일부러 실패의 길을 걸을지도 모르겠다는 생각이 들었다. 현수가 와이셔츠 소매를 걷어 올리고 돼지 뼈를 양손으로 잡은 뒤 쪽쪽 소리 내며 살을 발라 먹었다.

"등에 하트 문양 있는 특별한 고양이는요?"

현수가 물수건으로 입 주변을 닦으며 물었다.

"안 보인 지 꽤 오래됐어. 아무래도 사고를 당한 것 같아. 경비 아저씨가 고양이 혐오자인데 새끼 고양이를 대걸레로 때려서 쓰레기통에 버렸다고 꼬마 애들이 하는 얘기를 얼마 전에 들었어."

현수가 돼지 뼈를 가만히 앞접시에 내려놓았다.

퇴근한 나는 회사 앞에서 비상등을 켜고 기다리고 있는 현수의 차에 얼른 올라탔다. 금요일이라 도로는 막혔고, 점점 어두워지는 도시는 화려한 빛깔의 불빛들로 차올랐다. 반면 말없는 현수의 얼굴은 불 꺼진 창문처럼 어두웠다. 나는 기분이 불안정한 상태인 모양이라고 이해했고, 이해하자 더는 오해도 불편도 없었다. 그때 현수가 가만히 나를 불렀다.

"선배."

나는 고개를 외틀어 환하게 불 밝힌 간판들을 쳐다보고 있었
다.

"늦은 오후에 전화 한 통을 받았어요."

"누구한테?"

"은경이……"

"은경이?"

나는 놀라서 고개를 돌렸다.

"그 은경이 아니고……"

현수의 차가 횡단보도 정지선 앞에서 멈췄다.

"차은경이오. 동기 중에 은경이가 둘 있었어요."

"알지, 차은경. 4년 내내 과대표 도맡아 했었잖아."

"과대표이기도 하고 이름이 같아서 그나마 김은경한테 관심
을 두고 있었나 봐요."

신호가 바뀌었지만 차는 움직이지 못하고 그대로 머물러 있
었다. 100미터 앞 사거리까지 차량들이 정체되어서 그곳을 통
과하려면 신호를 몇 번 더 받아야 할 것 같았다. 초조한 표정의
현수가 갈라진 목소리로 말했다.

"죽었대요. 김은경."

"…… "

"재작년 가을에."

"……"

"루마니아에서요."

"……"

"루마니아 교포랑 결혼했대요."

"……"

"그해, 학교 관두고 루마니아로 간 거래요."

"……"

"선배, 체보타루라는 작가 알아요? 루마니아에 그런 작가가 있었어요?"

"…… ."

"그 작가 때문에 루마니아로 간 거라고…… "

그때까지도 차는 조금도 앞으로 움직이지 못하고 있었다. 또렷하던 창밖의 불빛들이 비맞은 것처럼 경계를 잃고 희미하게 번져갔다. 그러더니 흐물거리다 빗물처럼 주룩 흘러내렸다. 현수의 차여서 마음을 놓을 수 있었다.

*

벚꽃이 피기까지 한 달 동안, 나는 어디를 가든 그리고 무엇을 보든 그녀를 떠올리며 지냈다. 그것이 내가 할 수 있는 애도라고 생각했다. 재작년 가을이므로, 나는 그녀가 없는 가을을 두 해 보낸 셈이었다. 그래서 유독 그 두 해가 쓸쓸했던 모양이었다. 가을 눈동자를 가졌던 그녀는 가을의 눈동자만 보여주었으므로, 내가 기억하는 건 그것뿐이었지만 그럼에도 충분하다고 생각했다. 분명한 건 그해 나는, 그녀의 눈동자로 인해 가을의 3분의 2를 앓았고, 가을의 쓸쓸함에 대해 알았다는 것이었다. 쌀쌀해지는 것이지 쓸쓸해지는 것까지는 몰랐던 걸 알게 됐다는 것이었다. 그 후 내게 가을은 누구나 저절로 쓸쓸해지고, 쓸쓸해지지 않으면 쓸쓸한 척이라도 해야 하는 계절이 되었다. 그거야 말로 가을이란 계절에 올바로 순응하는 거라고. 가을에 대한 예의이자 약속이고, 가을이 원하는 것이며, 계절이 생겨난 목적이자 의도라고. 그녀는 그런 면에서 가을이 가장 신뢰하는 사람일지도 모르겠다. 더불어 가을은 사람을 가장 많이 스스로 죽게 하는 계절이라서 사람을 찾게 하는 계절일지도 모른다는 생각이 들었다. 덩어리가 되지 못하고 남은 사람들을 위한 계절. 그해 나는, 그녀가 아니라 가을을 거울처럼 비추던 그녀의 눈동자와 연애를 했던 것 같았다. 가을과 한 연애, 쓸쓸함과 나눈 사

랑.

나는 그녀에게 전해주지 못했던 아홉 번째 소설을 가방에서 꺼냈다. 서랍 깊숙이 보관 해두었던 소설은 구겨진 채 노랗게 색이 바래 있었고, 까만 글자들은 잉크가 휘발되어 회 색빛으로 옅어져 있었다. 'Lumânări și vise.' 그녀는 작고 소심한 목소리로 이렇게 발음했겠지. 그러면 나는 옆에서 이렇게 말했겠지. '양초와 꿈.' 체보타루는 알코올중독으로 정신병원에 입원해 있는 동안 「양초와 꿈」을 썼다. 이 단편소설을 쓰는 데 2년이 걸렸고 병원에서 써낸 유일한 소설이었다. 소설은 고독과 고통으로 점철되어 있었다. 그는 문장을 한 자 한 자 조각하듯 매일 종이에 조금씩 써나갔다. 나는 그가 병원에서 소설을 쓴 것이 아니라 고독과 고통을 조탁해냈다고 생각한다. 어쩌면 그녀는 그 먼 나라에서 이 소설을 읽었을지도 모르겠다. 그리고 그곳에서는 덩어리로 살았는지도.

나는 라이터를 꺼내, 여전히 그녀와 나만 알고 있을 체보타루 소설에 불을 붙였다. 여러 장의 종이가 끄트머리부터 구부러지며 타들어갔다. 불꽃이 창백한 루마니아어를 천천히 지워나갔다. 봄인데, 그해 불던 가을바람이 내 등 뒤로 쓸쓸하게 불어왔다. 그 바람이 연기와 재가 된 「양초와 꿈」을 하늘 높이 날려 보

냈다. 이렇게 나의 루마니아어 수업이 끝났다. 나는 그것들이 한 조각도 남지 않고 허공으로 거뭇거뭇 사라지는 걸 지켜본 뒤 발길을 돌렸다.

주차장 차 밑에서 얼룩덜룩한 게 튀어나와 반대쪽 차로 뛰어들어가는 모습이 보여 걸음을 멈추었다. 움직임이 없자 나는 몇 걸음 물러나 몸을 숨겼다. 녀석은 경계하듯 바퀴 뒤에서 한참 두리번거리다 옆 차량으로 자리를 옮겼다. 짧은 꼬리 끝이 살짝 꼬부라져 있었고, 등에 특별한 하트 문양을 짊어졌는데 그 검은 문양이 조금 크고 또렷했다. 살아 있었구나. 태어날 때부터 덩어리가 되지 못하고 남은 녀석이 자동차 밑에서 나를 쳐다보고 있었다. 봄의 눈동자였다.

韓国文学ショートショート

きむ ふなセレクション 19

僕のルーマニア語の授業

2023年4月10日　初版第1版発行

〔著者〕チャン・ウンジン（章恩珍）

〔訳者〕須見春奈

〔編集〕藤井久子

〔ブックデザイン〕鈴木千佳子

〔ＤＴＰ〕山口良二

〔印刷〕大日本印刷株式会社

〔発行人〕　永田金司　金承福

〔発行所〕　株式会社クオン

〒101-0051　東京都千代田区神田神保町1-7-3 三光堂ビル3階

電話 03-5244-5426　FAX 03-5244-5428　URL http://www.cuon.jp/